Le Secret du vent

Le Secret du vent

Mélanie De Coster

©2017, Mélanie De Coster

Edition : BoD – Books on Demand
12/14 rond-point des Champs Elysées, 75008 Paris
Imprimé par Books on Demand GmbH, Nordestedt, Allemagne

ISBN : 9782322085231

Dépôt légal : octobre 2017

Du même auteur :

On devrait toujours choisir sa famille – Editions LeManuscrit.com
De l'autre côté des mondes – Auto-édition

Le Secret du vent – version numérique – HQN
Rencontres au clair de lune – version numérique – HQN

Prologue

Il allait vers la crique. Sous la force du vent, les maisons luttaient pour rester debout. Les rues étaient balayées, frottées avec hargne par l'eau que charriaient les rafales. Les nuages, noirs, ne s'attardaient pas au-dessus de l'île ; ils passaient, vite remplacés par d'autres, plus sombres encore. L'homme avançait, à peine conscient du ciel qui grondait, chargé de menace. Il avait rejeté la capuche de son coupe-vent et sa tête dégoulinait. Certaines gouttes étaient plus salées que d'autres et la mer, proche, n'en était pas seule responsable.

Les habitants de l'île s'étaient calfeutrés chez eux. Leur tâche accomplie, ils ne tenaient pas particulièrement à affronter la rage des éléments. L'homme se rapprochait de la mer ; le chemin était court, l'île petite. Il y avait peu d'endroits où laisser libre cours à sa peine. Le ciel se déchirait dans de grands craquements, les éclairs pointaient l'île comme pour la maudire. Son pantalon de toile, plaqué par les trombes d'eau, collait à ses jambes, ralentissant sa marche, mais il ne s'arrêtait pas.

Il atteignit la crique. La mer s'écrasait violemment à ses pieds, mordait le cuir de ses chaussures. L'eau noyait les rochers ; il n'y avait plus un seul oiseau sur la grève, qui en était recouverte d'ordinaire. Ils s'étaient enfuis à la recherche d'un abri contre toute cette furie.

Le Secret du vent

Dans l'obscurité de cette épaisse nuit de tempête, l'homme vacillait, luttant de moins en moins contre le vent. Il était seul contre l'orage et il aurait voulu s'y perdre. Chaque centimètre carré de l'île lui était connu, imprégné dans sa chair, dans son corps. Il souhaitait s'y dissoudre et la pluie qui le fouettait semblait vouloir combler ce vœu.

Il tomba à genoux, suppliant la nuit de l'absoudre, la tempête de l'emporter. La douleur, il le savait, ne partirait pas si facilement. Il implora les éclairs de le frapper, mais ses cris se perdirent dans les hurlements du vent ; il suffoquait déjà sous les vagues qui venaient l'engloutir.

Il sentit sa présence avant de la voir. Une enfant, presque encore un bébé, de quelques mois à peine, rampait sur le sable à sa rencontre. Ses vêtements avaient été emportés par les ténèbres et les rafales qui balayaient incessamment le sol. Elle darda dans le sien son regard bleu crépuscule. Il savait qu'elle ne venait pas de l'île. Les habitants étaient trop peu nombreux, personne n'aurait pu la cacher. Il savait, avec la même certitude, qu'elle n'aurait d'autre parent que lui. La promesse se réalisait. Qui de l'enfant ou de lui-même avait le plus besoin de l'autre, en cette nuit ? Il n'aurait su le dire.

Elle mettait toute sa ténacité à le rejoindre, si déterminée, déjà, malgré son âge. Il fallut qu'une vague de plus la renverse sur la plage détrempée pour qu'il l'aide enfin et la prenne dans ses bras. Il ne chercha pas à comprendre comment elle avait pu arriver là et survivre. Cela devait être ainsi. Le mystère faisait partie d'elle.

Mélanie De Coster

Il ne s'étonna pas non plus quand l'orage stoppa aussi brusquement qu'il s'était levé. Il avait à peine remarqué sa violence. Dès qu'il tint l'enfant contre lui, le vent devint brise, gonflée d'un soupçon de chaleur venue de nuits lointaines pour mieux les sécher. Il leva à bout de bras la petite fille vers la lune réapparue et lui dit son nom : *Gwenaëlle*.

Gwenaëlle…

PREMIÈRE PARTIE

Chapitre 1

Gwenaëlle se tenait sur le pas de sa porte, les cheveux lâchés, légèrement agités par la brise. L'air était piquant en ce matin de novembre. En face d'elle, le soleil se levait à peine sur la mer, blessant pourtant déjà ses yeux marine. L'eau était calme et sombre, comme parfois en Bretagne. Sa maison était située à l'extrémité de l'île, sur une pointe qui surplombait l'océan. Pas de trop haut cependant, les terres étaient basses sur ce petit bout de monde. Sur cette île où les constructions se regroupaient en grappes frileuses pour résister à la force du vent qui venait les fouetter, la situation de sa maison, éloignée des autres, leur tournant le dos et donnant sur le grand large, paraissait bien singulière. Mais de chez elle, au moins, Gwenaëlle pouvait oublier la petitesse de l'endroit où elle vivait depuis son enfance.

Le Secret du vent

Le vent ne lui apportait d'autre odeur que celle du silence. Une fragrance vide et pure. Certains pêcheurs étaient sortis, sans doute à l'aube, mais ils partaient de l'autre côté, là où la mer cachait moins de rochers. Gwenaëlle tendit l'oreille, en vain... C'était encore l'un de ses pressentiments... Elle devait se tenir prête pour ce qui arriverait. Il y avait longtemps pourtant qu'elle ne s'était plus postée devant chez elle, à attendre. Au cours des années, elle s'était disciplinée pour ne plus se laisser surprendre.

Parfois, les femmes des pêcheurs venaient vers elle, entre la lessive et le biberon du dernier, pour savoir si leur homme rentrerait. Surtout quand le ciel était bas, au point de se briser sur les proues de leurs canots. Il était limpide, ce matin-là, et Gwenaëlle n'aurait pas à se concentrer sur un morceau de filet pour évoquer l'image de celui qui l'avait réparé à la veillée avant de repartir. Elle n'aurait pas à deviner s'il était au fond de la mer ou encore au-dessus. Elle détestait annoncer les mauvaises nouvelles, mais les visions ne mentaient jamais. Elle aurait préféré pourtant. Elle affirmait que ce n'était rien d'autre que de l'intuition féminine un peu poussée. Qu'elle pouvait se tromper, comme n'importe qui. Mais les femmes revenaient toujours. Il y avait tant de foi dans leur regard que Gwenaëlle recommençait. Malgré elle. Elle n'aimait pas se sentir différente, comme les yeux éteints des veuves le proclamaient, dès qu'elles s'éloignaient.

Ce matin-là, il n'y avait rien. Pas de signe. Juste ce sentiment diffus qu'un événement, inattendu et espéré à la fois, allait se produire. Une impression tenace, comme ce parfum d'hiver qui flottait dans l'air. Dans peu de temps, la neige tomberait. Gwenaëlle aurait pu la prédire au jour près. Elle aimait, en cette froide saison, se calfeutrer dans sa petite maison et allumer un feu de bois pour savourer le soir qui l'enveloppait comme un manteau discret… Elle avait toujours préféré la nuit au jour.

Elle avait abandonné, des années auparavant, les promenades nocturnes qu'elle affectionnait tant, quand son père lui avait expliqué que les îliens n'appréciaient pas particulièrement de voir son ombre se découper sur la lune. C'était à cette époque que les légendes avaient commencé à circuler sur son compte. Son père… Elle ne s'était pas encore remise de sa mort, survenue deux ans plus tôt. Elle se reprochait de n'avoir pas su le sauver. À quoi bon un don si…

Le bateau du vieux Robert qui arrivait interrompit le fil de ses pensées… Elle ne le voyait ni ne l'entendait, mais les frémissements de la mer lui étaient depuis toujours un langage. À son bord, un passager qui voulait surprendre l'île dans son premier réveil. Il était jeune, posté à l'avant de l'embarcation, les mains sur la rambarde. Il scrutait le paysage qui se rapprochait avec une tension interne que la ligne de ses épaules trahissait. Gwenaëlle ne pouvait l'observer que de dos ; l'homme n'avait pas encore envie de lui faire face. Certainement parce qu'il voulait débarquer discrètement ; elle devinait que personne n'était prévenu de son arrivée.

Le Secret du vent

La petite Malène arriva en courant à cet instant et la tira de sa rêverie et de ses suppositions : son frère venait de renverser sur lui la marmite de soupe bouillante que leur mère préparait pour la semaine. Ils avaient besoin de ses services.

Gwenaëlle prit alors son sac de soin, accroché derrière l'huis, et suivit l'enfant. Elle ne ferma pas sa porte. L'île n'accueillait guère de touristes et offrait peu de cachettes aux voleurs.

Elle laissa le nouvel arrivant à son bateau. La jeune femme savait qu'elle ne tarderait pas à le rencontrer.

Chapitre 2

Antonin, le frère de Malène, ne souffrait que de brûlures superficielles. Il avait crié, fort, tandis que sa peau se couvrait de cloques rouges, mais c'était surtout pour retenir l'attention de sa mère. Du haut de ses six ans, il acceptait difficilement que cette dernière ne lui soit pas totalement dévouée et tentait toutes les bêtises pour l'accaparer.

Gwenaëlle badigeonna son corps d'une des mixtures dont elle avait le secret, souffla sur les blessures les plus profondes pour faire peur à la douleur, puis prit Hélène à part. Malène allait sur ses dix ans, l'âge parfait pour commencer à apprendre certains éléments de sa médecine particulière. Elle savait que Malène ne serait jamais aussi douée qu'elle l'était ; il lui manquait cet instinct qu'elle-même avait possédé très tôt. La jeune femme avait cependant détecté chez l'enfant des prémices prometteuses. Elle n'avait que vingt-sept ans, mais estimait néanmoins qu'il était temps de penser à celle qui lui succéderait. Il n'y avait pas de médecin sur l'île et il suffisait parfois de peu pour soulager les familles.

Celle de Malène ne considérait pas cette opportunité d'un très bon œil. Les parents craignaient que leur fille n'apprenne plus que le nécessaire. Pour justifier ses réticences, Hélène objectait, avec raison, qu'elle avait besoin de Malène pour l'aider à tenir la maison. Un besoin tellement pressant qu'elle ne l'avait pas envoyée à l'école, et que l'enfant ne la quittait pas d'un pas tout au long de la journée. Ancienne institutrice, elle lui enseignait les rudiments, en même temps que la cuisine et le ménage. Il n'y avait jamais trop d'heures dans les journées des femmes Marec.

À chacune de leurs rencontres, Gwenaëlle tentait pourtant de la convaincre. L'incident de la matinée apportait un argument de plus à sa plaidoirie. Les enfants étaient turbulents, et personne n'avait vraiment le temps de s'occuper d'eux. Les hommes ne craignaient pas la mer, mais elle les mettait souvent au défi et ils n'en sortaient pas toujours vainqueurs. Combien d'entre eux pourraient être sauvés, aidés du moins, si Malène savait comment agir ?

Gwenaëlle s'enflammait en parlant et Hélène, fatiguée, finit par céder : quand elle aurait terminé ses tâches, Malène pourrait la rejoindre pour apprendre ce que Gwenaëlle voudrait lui inculquer. La mère posa cependant une condition : sa fille n'apprendrait rien d'autre que ce que la nature peut offrir, rien qui fasse appel aux forces occultes. Gwenaëlle y souscrit d'autant plus volontiers qu'elle-même n'avait jamais eu l'impression de s'adresser à ces forces.

Après avoir vérifié une dernière fois l'état d'Antonin, Gwenaëlle sortit de la maison, rassurée. Les blessures du garçon cicatrisaient déjà et auraient disparu avant la fin de la journée. Elle n'avait pas perdu la main. Et grâce à cet incident, elle avait au moins un repas assuré pour la journée.

Le jour était pleinement levé, à présent, et elle se dirigea vers le port sans y prendre garde. Près de la jetée, assis devant l'épicerie, Mariette et Gaspard guettaient les passants, comme à leur habitude. Installés sur des chaises en rotin presque aussi âgées qu'eux, ils patientaient là toute la journée, commentant la vie du village à qui voulait les entendre. Ils demeuraient ainsi en toute saison, et seules les tempêtes les plus violentes, associées à la détermination de la fille de Mariette, parvenaient à les faire rentrer.

La rumeur courait qu'ils avaient été amants lorsqu'ils étaient plus jeunes, beaucoup plus jeunes. Et qu'il se pourrait bien que le père de Juliette ne soit pas celui dont elle portait le nom. Ce qui expliquerait pourquoi elle hébergeait le vieux Gaspard au même titre que sa mère, depuis leur veuvage à tous deux. Juliette faisait mine d'ignorer les ragots et les deux vieux avaient la langue bien plus pendue encore que ceux qui médisaient d'eux. Personne, sur l'île, n'était à l'abri de leurs remarques cinglantes et ils savaient des vérités que beaucoup regrettaient de ne pas avoir mieux cachées.

Ils accueillirent Gwenaëlle chaleureusement.

– Bonjour, petiote. Tu es debout de bien bon matin !

– Tout comme ce brigand de Robert. Je voudrais bien savoir qui était à ce point pressé de venir sur l'île, pour réussir à le convaincre de sortir en mer si tôt.

– Sûrement un gars de la ville, Mariette. Il n'y a qu'eux pour vouloir changer les horaires.

Mais Gwenaëlle ne les écoutait plus, le regard fixé sur la proue qui avançait vers elle. La jeune femme connaissait celui qui arrivait…

Elle avait sept ans. Ils auraient dû être à l'école, mais l'institutrice s'était cassé la jambe. Aucun d'eux n'était pressé de rentrer chez lui, et ils s'étaient éclipsés pour jouer. Une petite troupe composée d'elle-même, de Julie et sa jeune sœur Bénédicte, de Thomas, sans oublier Maël. Son héros. Un « grand », déjà, qui approchait de ses neuf ans. Il empêchait les autres de se moquer d'elle et de la traiter de bâtarde, de sorcière pour les plus osés. Gwenaëlle l'aurait suivi à l'autre bout du monde s'il le lui avait demandé, mais il ne partait jamais aussi loin. Thomas avait suggéré qu'ils aillent explorer les « terres sauvages », un lambeau de terre à l'écart des habitations, où aucun bâtiment n'arrêtait le vent. Seuls quelques cairns témoignaient qu'on avait un jour construit en cet endroit. L'un d'entre eux, plus grand que les autres, les attirait depuis des semaines. La plupart des enfants s'en tenaient éloignés : on le disait hanté. Mais Thomas refusait de croire qu'un tas de cailloux puisse abriter un fantôme. Ses parents venaient de la capitale et ne lui avaient jamais enseigné les légendes. Il eut donc cette audace qu'aucun d'eux n'aurait imaginée : dépecer la petite montagne et s'en faire un château. Très vite, ils se laissèrent entraîner par le jeu, et oublièrent les précautions nécessaires lorsque l'on s'approche d'un lieu hanté. Seule Gwenaëlle restait à l'écart. Elle connaissait le danger. Parfois, quand elle était seule, elle venait jusqu'au cairn. Elle posait son oreille contre la pierre et l'entendait lui parler. Elle ne l'aurait dit à personne, mais les femmes qui habitaient le monticule n'accepteraient pas qu'il soit détruit.

Aussi ne fut-elle pas surprise quand l'éboulement se produisit. Bénédicte avait délaissé ses camarades pour parler à sa poupée et Thomas dessinait avec un bâton les plans de leur futur château. Ils ne furent pas touchés par les pierres qui s'écroulèrent sur Maël et Julie. Gwenaëlle vit chacune d'elles rouler puis s'écraser sur le corps des deux enfants. Elle n'avait pas le pouvoir de les protéger, mais quand le mal fut fait, elle prit la direction des opérations. Elle envoya

Le Secret du vent

Thomas chercher des secours, berça Bénédicte avant que les pleurs n'inondent à jamais ses yeux, puis se dirigea vers les deux corps immobiles. Un regard lui suffit pour comprendre. Ils étaient encore vivants, pourtant, elle ne pourrait les maintenir en vie tous les deux jusqu'à l'arrivée de personnes plus compétentes. Elle était encore trop jeune, trop peu formée.

Gwenaëlle tenta alors de deviner lequel des deux avait le plus besoin d'elle. Elle dégagea délicatement leurs têtes, souleva de ses petites mains chacun des lourds cailloux aux arêtes aiguës et les déposa plus loin. Julie, paupières closes, luttait vaillamment contre la douleur. Un os cassé à l'intérieur de son corps s'acharnait contre un de ses poumons, menaçant de le percer. Mais il n'était pas encore trop tard pour elle. Quant à Maël, sa colonne vertébrale était terriblement touchée. Il gardait pourtant les yeux ouverts, obstinément braqués sur elle, depuis qu'elle les avait libérés de l'obscurité des pierres. Le silence était tombé sur eux ; plus un oiseau ne survolait le cadre du drame. Ils étaient seuls, quatre enfants, dont une devait décider duquel elle tiendrait la vie entre ses mains. Le temps d'un ressac et elle s'agenouillait à côté de Maël, prenait, sans la soulever, sa tête entre ses mains, pour lui insuffler un éclat de vie qui le maintiendrait le temps nécessaire à l'arrivée d'autres plus efficaces qu'elle ne l'était. Elle ne vit pas – refusa de voir – Julie se tourner vers elle dans un appel de suppliciée, accélérant par cette ébauche de geste le cheminement de l'os brisé vers l'endroit qu'il n'aurait pas dû atteindre. La fillette ignora la mort qui ternit le regard que son amie posa sur elle pour la dernière fois.

Dans une mélopée sourde, d'une voix qui n'était pas tout à fait la sienne, restituant des paroles qu'elle ne comprenait pas, Gwenaëlle incita la vie à demeurer en Maël. Par la force de la pensée, elle relia entre eux les éclats d'os. Il avait fermé les yeux. Elle savait que la douleur lui était moins sensible entre ses mains. Il s'endormit doucement, sans s'en rendre compte, seulement guidé par sa voix, qui faisait plus encore que le maintenir en vie et le protéger.

Bénédicte, seul témoin de la scène, lissait les cheveux de sa poupée sans les quitter du regard, son attention détournée du corps sans vie de sa sœur. Trop jeune encore pour se rendre compte de ce qui se déroulait devant elle. Le vent s'était arrêté de souffler autour d'eux, tandis qu'il se levait sur le reste de l'île. Tout semblait s'être figé pour mieux écouter la cantilène de Gwenaëlle. Le ciel lui-même s'était arrêté de frémir, et la mer ne semblait venir mourir au pied des rochers que pour mieux se rapprocher d'eux.

Le temps s'immobilisa dans cette attente silencieuse, bruissant du seul clapotis des vagues si caractéristique de ces îles de Bretagne. Suspendu au souffle de vie de Maël, Gwenaëlle pâlissait ; son sang ne circulait plus que le strict nécessaire, dans son effort pour retenir à l'intérieur de ses veines celui de son ami. Ses yeux s'étaient fermés, mais ils continuaient à voir. Les voix de ses compagnes du cairn l'accompagnaient, lui soufflaient la mesure de ses propres mots…

Quand les familles et le médecin arrivèrent, Gwenaëlle conserva sa position. Elle ne la quitta qu'une fois Maël dégagé. Le médecin céda, face à sa détermination, dit-il. En réalité parce qu'il avait perçu, concentré en elle, un pouvoir qui le dépassait.

Il ne fut pas le seul. La mère de Julie comprit quel avait été son abandon. Gwenaëlle n'oublierait jamais les mots qu'elle prononça ce jour-là, alors que des îliens compatissants l'emmenaient hors de la scène du drame : « Sorcière ! Sorcière ! Tu as tué ma fille ! » Dans les regards qui se détournaient, Gwenaëlle comprit alors que ce qui n'avait été jusque-là qu'un mot prononcé par jeu était devenu une réalité.

MÉLANIE DE COSTER

Chapitre 3

Le bateau accosta, sous les regards conjugués d'interrogation de Gwenaëlle, Mariette et Gaspard. L'homme sur le pont était le seul passager. Robert transportait aussi quelques produits de première nécessité, de la viande, des légumes, les journaux du jour… Il les débarqua tandis que l'inconnu quittait l'embarcation, ajustant un profond sac bleu marine sur ses épaules. Il boitait. Sa jambe droite se posait sans force sur le chemin, perpétuant un tangage qu'il n'aurait plus dû ressentir. Ses pas, pourtant, conservaient une certaine assurance, de même que son attitude.

Seule Gwenaëlle, qui l'observait attentivement, savait l'hésitation qui se dissimulait sous cette feinte confiance. Robert discutait avec Mariette et Gaspard, tous trois faisant mine d'ignorer celui dont ils commenteraient jusqu'aux silences.

Le Secret du vent

Le nouvel arrivé s'attarda sur le bord de l'île, prenant le temps de lier connaissance avec elle. Le port était vide, les maisons n'allaient plus tarder à s'ouvrir pour accueillir le jour. Personne n'était venu à sa rencontre et il demeurait sur place, immobile, pris entre la mer et la terre. Son œil restait fixé sur les maisons de pierre. Il s'y lisait une question secrète à laquelle nul autre que lui ne pouvait répondre. Il fallut deux décennies pour qu'il tourne la tête et croise le regard de Gwenaëlle. Ses iris marine parlaient de nuits d'attente ; ses mèches d'un roux clair les dissimulaient par intermittence, fouettant son visage sous l'effet du vent. Droite, dressée, elle le fixait. Il dut percevoir sa puissance car il baissa les paupières. Elle n'attendit pas qu'il reprît confiance et se décidât à l'affronter, elle disparut.

Quelqu'un l'attendait devant chez elle. Elle l'avait senti depuis le port. C'était une jeune fille de l'île. Assise sur un baluchon, grelottant sous le soleil naissant, elle gardait la tête baissée, dans une attitude prostrée.

Gwenaëlle se posta devant elle sans qu'elle relève la tête.

– Bonjour, Lisette.

Aux salutations d'usage que Lisette marmonna à contrecœur, Gwenaëlle devina que la journée n'avait pas été très bonne pour elle jusque-là. Elle l'invita à entrer et à partager un peu de chocolat chaud. Elle en conservait toujours sur le feu, dans une vieille marmite qui était exclusivement destinée à cela. Quelques bâtons de chocolat, un peu de lait et une pincée de sa « poudre de perlimpinpin », comme elle la nommait en se moquant des superstitions, suffisaient à réconforter ceux qui venaient trouver refuge chez elle.

Sa cuisine était petite mais conviviale. Une table carrée, au bois poli, blanchi et chaleureux comme un vieil ami, trônait en son centre. Elle était depuis des générations dans la famille de son père. Quelques chaises peintes de bleu l'entouraient et le reste de la pièce contenait ces multiples objets qui la rendaient vivante et qui n'appartenaient qu'à Gwenaëlle. Des fioles de verre coloré qui redistribuaient la lumière, des coussins pour le confort, des dessins que les enfants du village lui apportaient pour la remercier d'avoir guéri leurs « bobos ». La salle vivait ; elle était conçue pour accueillir.

Gwenaëlle savait ce qui amenait Lisette chez elle ; elle n'ignorait pas non plus qu'il fallait lui laisser le temps de l'exprimer elle-même. Elle se contenta alors de jouer son rôle de maîtresse de maison, tandis que Lisette s'accrochait à son bol comme à un rempart. La journée commençait véritablement, sur l'île, et Gwenaëlle se décida à préparer le petit déjeuner qu'elle n'avait pas encore pris. Elle soupçonnait que c'était aussi le cas de sa visiteuse. Elle enduisit deux morceaux de baguette d'un beurre crépitant sous les dents, posa sur la table un pot de cette confiture qu'une vieille cousine de son père lui envoyait par caisses entières deux fois l'an et s'assit face à Lisette. Comme le silence menaçait de s'installer, Gwenaëlle prit la parole :

— La petite Malène, tu sais, la fille d'Hélène, raffole de ces confitures… Quand sa mère lui en laisse l'occasion, elle court jusqu'ici pour prendre son goûter, rien que pour en lécher une cuillère. Les enfants sont toujours si gourmands !

Un observateur extérieur n'aurait certainement pas compris ce qui, dans ces paroles, avait pu provoquer les pleurs de Lisette. Mais Gwenaëlle n'était pas un observateur extérieur. Elle invita Lisette à se confier, sachant que parler la soulagerait.

Lisette raconta alors son histoire, entre deux sanglots :

— C'est ma mère… Non, ce n'est pas exact. Je… J'ai rencontré un type, en ville, quand je suis allée voir ma sœur. Elle travaille dans un bureau, elle est bien.

— Je sais.

Gwenaëlle pressentit les détours que Lisette prendrait pour dévoiler son drame et l'écouta d'un air apaisant.

— Il était gentil. Il disait qu'il me trouvait jolie. Moi, je n'avais rien à faire de la journée, ma sœur était occupée. Lui, je ne sais même pas ce qu'il faisait. Je connais juste son prénom : Jonas. Parfois, il me regardait et j'avais l'impression de n'avoir jamais été regardée auparavant. J'ai déjà eu des amoureux, faut pas croire… Mais lui… C'était différent. Et puis un jour… Un jour…

Mélanie De Coster

Lisette peinait à dire les mots que Gwenaëlle devinait sans difficulté ; elle avait pourtant besoin de les prononcer elle-même pour s'en libérer.

– Il n'arrêtait pas de dire qu'il voulait qu'on soit seuls, tous les deux. Il avait envie de me serrer dans ses bras, d'être juste avec moi, qu'il disait. J'allais bientôt partir, alors j'ai accepté. Je voulais… Je voulais lui faire plaisir, pour qu'il ait envie de me revoir.

Elle marqua une pause, se moucha, puis poursuivit sans plus s'interrompre :

– Il m'a emmenée dans une chambre. Elle n'était pas très propre et pas très jolie, mais ce n'était pas grave. Il a tiré les rideaux et c'était comme si le reste du monde n'existait plus. Ce qui se passait là, ça ne concernait que nous. Au début, normal, il m'a embrassée. J'aimais bien ça. Il n'embrassait pas comme les autres gars. Et puis, il a commencé… à passer sa main sur mon corps. Je me suis sentie devenir toute chaude et toute tremblante à l'intérieur. Quand il a dit qu'il voulait me voir toute nue, j'ai accepté. Jamais avant… Jamais je… Je ne suis pas une fille comme ça !

– Bien sûr, Lisette, je le sais bien…

Après ce dernier sursaut de révolte, Lisette termina son récit, les yeux fixés sur le mouchoir détrempé qu'elle tenait roulé en boule entre ses mains :

– Il n'est jamais venu me voir. Il l'avait promis, mais… C'était il y a quatre mois. Au début, ma mère n'a rien vu. Mais la semaine passée, j'ai commencé à vomir. Je ne pensais pas qu'on pouvait vomir aussi tard. Et puis, j'ai grossi aussi et ça se voit maintenant, même avec des vêtements larges. Elle m'a obligée à aller chez un médecin. En ville. Pour que ceux d'ici ne sachent pas. C'était hier. Ce matin, elle m'a mise à la porte. « Elle ne veut pas d'une fille des rues chez elle », qu'elle a dit. Elle va prévenir la famille et ils vont tous l'écouter. Je n'ai nulle part où aller.

— Et le bébé ?

— Je ne sais pas. Tu sais comment ils réagissent, ici… Bientôt, plus personne ne m'adressera la parole.

— Oui, ils sont un peu rétrogrades.

— L'idéal, ce serait que j'aille en ville. Sur le continent, c'est différent. J'ai appelé ma sœur, ce matin, de la cabine publique. Elle m'a raccroché au nez. Je… Qui donnerait du boulot à une fille comme moi ? Une fille qui ne connaît rien à rien et qui est enceinte. Aucun patron ne voudra me prendre.

Gênée soudain, Lisette entreprit de gratter une tache imaginaire sur la table.

— Je ne sais plus quoi faire. Je n'ai pas d'argent, pas de toit. Je ne veux pas que mon bébé naisse au milieu des clochards. Mais je n'ai même pas de quoi me nourrir, alors il aura p'têt même pas le temps de naître ! Je ne sais pas pourquoi je suis venue ici. J'étais tellement paumée… J'ai eu l'impression que… Je ne sais pas… que j'aurais une solution ici. Il vaut mieux que je m'en aille.

Elle repoussa sa chaise pour se lever.

— Tu peux rester ici.

Mélanie De Coster

– Quoi ?

– J'ai une chambre inutilisée. Celle où papa... Tu irais où, de toute manière ? Tu n'auras qu'à me donner un coup de main pour le ménage. Et quand le bébé sera né, tu pourras chercher du travail.

– Mais...

– Il n'y a pas à discuter. Tu as une meilleure idée que celle-ci ?

Lisette dut admettre que non. Quelles que puissent être ses réticences, elle n'avait d'autre choix que d'accepter la proposition. Elle était la première personne étrangère à s'installer dans la maison, et Gwenaëlle en concevait un peu de crainte. Elle n'ignorait pas qu'accueillir Lisette contribuerait d'autant plus à l'éloigner des habitants de l'île. Que l'enfant qui naîtrait en cet endroit serait inexorablement rejeté par eux. Mais elle ne voyait pas d'autre solution.

Chapitre 4

Il ne fallut pas longtemps pour installer Lisette dans la chambre de devant, celle qui donnait vers l'intérieur de l'île. Celle, surtout, qu'avait occupée le père de Gwenaëlle. Lisette avait peu d'affaires. Par hasard, peut-être, Gwenaëlle avait rangé et préparé la pièce deux semaines avant son arrivée. Il n'y avait qu'un lit à faire et une garde-robe à garnir. Nulle trace ne subsistait de celui qui y avait vécu. Une fois de plus, son instinct l'avait bien guidée.

Il ne fallut pas longtemps pour que la rumeur les atteigne, apportée par Charles, le facteur, qui se faisait appeler Charlie depuis qu'il avait découvert Chaplin. Il n'avait pas de lettre pour elle – il n'y en avait jamais –, mais il se faisait un devoir de passer régulièrement vérifier que tout allait bien pour Gwenaëlle. Son père et lui avaient été des amis intimes, et il était l'une des rares personnes de l'île à lui rendre visite sans avoir un service à lui demander.

Le Secret du vent

La journée était à peine commencée qu'elle s'annonçait déjà riche en commérages à venir. Un homme avait débarqué au petit matin et ouvert la maison des Tann. Il n'avait encore adressé la parole à personne, mais, à la manière dont il avait ouvert les volets, les femmes affirmaient qu'il y était pour y rester. Quelqu'un de passage ne prenait pas la peine d'aérer des pièces où il ne comptait pas vivre. Charles ne repartit pas la bouche vide : grâce à la présence de Lisette chez elle, il avait une nouvelle information à propager dans sa tournée. Il calculait sans doute déjà le nombre de verres de petit rouge que celle-ci lui apporterait. Il ne lui faudrait certainement pas longtemps pour apprendre pourquoi Lisette n'était plus chez ses parents, et son histoire se poursuivrait encore un peu. Sa femme, qui vivait alitée dans une maison isolée, aux rideaux toujours tirés, ne manquerait pas d'apprécier son retour. Grâce à ces deux événements, Gwenaëlle devinait qu'ils auraient de quoi parler tous les deux et occuper leur soirée.

Lisette cachait difficilement sa curiosité à propos de l'arrivée de cet homme dans la maison des Tann. Elle connaissait l'histoire et toute la légende qui l'entourait. Mais Gwenaëlle était devenue sa seule interlocutrice et celle-ci faisait partie de cette légende. À plus d'un titre. Lisette se doutait qu'une grande part de ce qui se racontait était inventée, mais elle n'osait poser la question à son hôtesse. La jeune fille craignait qu'une parole maladroite ne déclenche une colère contre laquelle elle serait impuissante. Les îliens accordaient tellement de pouvoir à Gwenaëlle qu'aucun d'eux ne l'aurait affrontée directement. Durant les veillées, ils débitaient leurs vilenies sur elle et répétaient les gestes de protection que leur avaient transmis leurs ancêtres. Personne n'était dupe, mais les apparences étaient préservées.

Les plus jeunes, comme elle-même, se moquaient de leurs parents et préféraient les soirées devant la télévision. Lisette aurait pourtant donné beaucoup, ce jour-là, pour pouvoir rendre visite à sa grand-mère et écouter tout ce qu'elle n'avait jamais voulu entendre jusque-là : les incantations qui tenaient le mal éloigné, les plantes qui le repoussaient, les pierres qui protégeraient... Gwenaëlle n'était peut-être pas mauvaise, mais il ne faisait aucun doute qu'elle était bien une sorcière et, plus que pour toute autre femme, il était difficile de dire de quoi celles-là étaient capables.

Gwenaëlle parut deviner les pensées qui l'agitaient, car elle dit, sur le ton de la confidence :

– Alors, la maison des Tann n'est plus vide... Je me demande qui s'y installe.

– Moi aussi.

Lisette avait murmuré sa réponse, de crainte de prononcer la parole de trop.

– Sans doute quelqu'un de la famille. Un cousin éloigné, peut-être. Ou alors, ils ont vendu la maison.

– Oh, non ! Ils ne peuvent pas, à cause de...

Le Secret du vent

Elle plaqua la main sur sa bouche, comme pour y maintenir de force les mots qui avaient bien failli en sortir. Gwenaëlle termina sa phrase d'une voix douce :

– La malédiction… Tu ne crois quand même pas à ces idioties, Lisette ?

– Non, c'est juste que…

Elle ne savait plus comment se rattraper et cherchait à se rapprocher de la table pour poser sa main dessus, avant de proférer un mensonge. Elle avait entendu dire que le bois protégeait les paroles. Pour peu que la table soit faite de planches rescapées d'un naufrage, comme la plupart de celles de l'île, elle ne risquerait rien…

Mais Gwenaëlle ne lui en laissa pas l'opportunité.

– J'ai une idée, Lisette… Nous allons faire un petit tour, et dévisager ce bel étranger comme toutes les femmes de l'île doivent déjà être en train de le faire. De plus, la marche à pied, c'est excellent pour les femmes enceintes.

Lisette n'eut pas le temps de lui demander comment elle pouvait être convaincue de la beauté de l'inconnu, car Gwenaëlle s'éloignait déjà du pas vif qui lui était habituel.

Un pas vif, qui ralentit considérablement lorsqu'elles approchèrent de la demeure des Tann. L'animation de la rue, excessive pour un jour de semaine, était cependant bien moindre que celle de n'importe quelle petite ville.

Lisette tentait de deviner, aux têtes des passantes, quel prétexte elles s'étaient forgé pour longer la ruelle, ce matin-là. Une interrogation qu'elle relégua rapidement en constatant que chacune des femmes qui les croisaient détournait le regard à sa vue, alors même que la plupart saluaient Gwenaëlle d'un signe de tête. La rumeur de sa grossesse s'était apparemment propagée plus vite qu'elle ne le pensait, de par l'agitation causée par l'arrivée de l'étranger, sans doute, et il avait suffi de quelques heures pour qu'elle devienne un paria.

Amère, ressassant des torts qui n'étaient pas que les siens, Lisette ne chercha même pas à distinguer ce qui se déroulait derrière les vitres d'une certaine maison, inhabitée depuis des années.

De toute évidence préoccupée, elle aussi, Gwenaëlle était restée silencieuse un long moment et ne reprit la parole que sur le chemin du retour :

– L'histoire des Tann se raconte toujours, alors ?
– Hein ?

Lisette mit quelques secondes à se rendre compte que Gwenaëlle lui avait adressé la parole. Elle n'était plus d'humeur à se méfier de ses propos et acquiesça.

– J'étais encore enfant quand ils sont partis. Tous ces événements me semblent tellement loin, maintenant. Dis-moi un peu ce qu'on t'a raconté...

Elles firent quelques pas en silence, puis Lisette commença à parler, d'une voix lente, désincarnée. La voix des veillées. Elle ne regarda pas une seule fois celle qui l'accompagnait.

– Une famille vivait là. Le père avait grandi sur l'île, il en était parti, et y était revenu médecin pour épouser une fille d'ici. Ils n'ont eu qu'un fils. Beau, intelligent, doué... Les femmes disent qu'il avait toutes les qualités qu'on peut souhaiter d'un fils, y compris celles qu'on n'espère pas vraiment. Un jour… Un jour, il est parti jouer du côté du pré aux Sorcières. Tous les enfants savent qu'on ne doit pas aller par là. Il paraît que l'endroit ne s'appelait pas encore comme ça, à ce moment-là. Je ne sais pas… Il n'y est pas allé tout seul. Il y avait d'autres enfants avec lui. On ne dit pas au juste combien, mais il y avait au moins deux filles et un autre garçon. Ils faisaient l'école buissonnière, alors ce qui est arrivé, c'était forcément une punition. Je n'ai jamais compris comment un garçon si parfait avait pu désobéir, mais je suppose que ça arrive aussi aux meilleurs d'entre nous. Il y avait un cairn, sur le pré aux Sorcières. On disait que c'était leur tombe. S'en approcher était déjà dangereux, vouloir en modifier l'ordre carrément suicidaire. Ils n'étaient que des enfants, mais tout le monde devrait savoir qu'on ne dérange pas impunément les morts. Ils ont touché aux pierres, et, je ne sais comment, elles se sont effondrées sur eux. Enfin, sur ce garçon et l'une des filles…

Lisette s'arrêta ; la suite du récit impliquait Gwenaëlle. Elle reprit bientôt :

– Certains disent que c'est l'autre fille qui a fait bouger les pierres. Parce qu'elles auraient dû tenir, depuis le temps qu'elles étaient les unes sur les autres, et que ce ne sont pas des enfants qui auraient pu les faire bouger. Elle aurait fait ça pour se venger, ou juste par méchanceté. Le deuxième garçon est parti chercher des secours et elle est restée seule à côté des deux autres. Ils vivaient encore, quand il est parti. Lorsqu'il est revenu, la fille sous les cailloux

Mélanie De Coster

était morte, mais pas le garçon. Personne ne sait ce qui s'est passé exactement, mais on dit qu'ils auraient dû mourir tous les deux, ou aucun des deux. La fille, la sorcière, avait dû faire quelque chose. Peu de temps après, le médecin a quitté l'île avec sa femme et son fils. Il avait vu la mort de trop près pour être autre chose qu'un fantôme en sursis, et il était salement amoché quand les hommes ont dégagé son corps. On prétend qu'un jour il reviendra, mais que ce ne sera pas lui. Ce sera son spectre et il ira rejoindre la sorcière pour s'accoupler avec elle. Arrivera alors un temps de malheur pour l'île. On dit aussi que la maison des Tann est maudite, parce que la famille est partie sans faire exorciser le petit, et que le mal est resté là à l'attendre. Il paraît qu'on entend rire à l'intérieur de la maison les jours de tempête. Que tous les meubles et les draps sont encore là, comme si les Tann s'apprêtaient à revenir ; mais personne ne les a jamais revus depuis les événements. On dit encore qu'il ne faut pas passer devant la maison quand on est blessé, même un tout petit peu, car elle réveille le sang et le fait couler. Les femmes enceintes doivent aussi éviter de s'en approcher, pour ne pas faire de fausse couche. Voilà…

– Tu es enceinte, Lisette, et pourtant, tu es passée devant la maison.

Lisette haussa les épaules et termina son récit :

– Je n'ai pas peur de faire une fausse couche. De toute manière, maintenant qu'elle est habitée, la maison ne peut plus rien nous faire. C'est à lui qu'elle va s'attaquer. Qui qu'il soit.

Chapitre 5

Plusieurs jours passèrent. Lisette tâchait de s'habituer à sa nouvelle situation. Elle avait peu d'interlocuteurs : Gwenaëlle, Malène, qui lui était une sorte de petite sœur, Charlie, qui lui disait au moins deux phrases à chaque visite pour bien montrer qu'il tolérait sa présence… Chacun lui racontait l'île à sa manière ; elle devinait le reste. Le sujet principal des discussions demeurait l'étranger. Il ne s'était encore présenté à personne, se contentant d'acheter un minimum de nourriture dans l'épicerie de Juliette. Mariette et Gaspard, étonnamment, ne se livraient pas à la moindre supposition sur son identité ou les raisons de sa venue. Certains, certaines surtout, avaient voulu lui adresser la parole. Il avait esquivé toutes les conversations et le mystère persistait.

Gwenaëlle écoutait ce que le facteur disait de lui, mais n'ajoutait rien, ne commentait pas. Charlie racontait que l'homme parcourait l'île, pourtant si petite qu'un facteur était déjà de trop ; il le croisait

Le Secret du vent

parfois dans ses tournées. Les quelques jours passés auraient suffi à n'importe qui pour en fouler chaque centimètre carré, pour en soulever chaque grain de poussière et pour pouvoir la traverser les yeux bandés et savoir où tourner. Si Charlie, comme Lisette, s'étonnait que Gwenaëlle ne l'ait pas encore rencontré au hasard de ses pérégrinations, ils se taisaient. Même Lisette s'était trouvée face à lui, sans réussir plus que les autres à lui soutirer d'autres mots que les plus anodines salutations. Il lui semblait que Gwenaëlle était la seule à ne pas lui avoir parlé, la seule à n'avoir pas essayé. Ils auraient voulu s'éviter sciemment qu'ils n'auraient pas agi autrement ! Lisette n'imaginait pourtant pas que cela puisse être le cas.

La situation ne pouvait perdurer. Un matin – c'était un dimanche et l'île entière se pressait à la messe –, Gwenaëlle retourna à l'endroit qui était devenu le pré aux Sorcières quelque part entre son enfance et son âge adulte. Le soleil s'était égaré, ce jour-là, et des lambeaux de brume s'attachaient à ses pas. Les oiseaux volaient haut, trop haut pour se laisser atteindre par le regard, mais leurs cris l'accompagnaient sur le chemin. Les nuages, eux, s'attardaient tellement près de la terre qu'ils en étouffaient le ressac incessant de la mer. La matinée était d'une teinte presque irréelle, tout son assourdi, tout contour indistinct. Dans l'opacité ambiante de lieux comme celui qu'elle parcourait, les Celtes rencontraient souvent les apparitions qui font les légendes. Gwenaëlle ne les craignait pas. L'ankou et sa charrette maudite ne se perdaient que la nuit, les Dames, quelle que soit leur couleur, étaient ses sœurs. Quant aux autres êtres d'exception, ils étaient déjà rares bien avant sa naissance.

Une personne l'avait précédée sur les lieux. Une ombre, plutôt, que la brume enlaçait… Gwenaëlle se rapprocha, peu soucieuse de surprendre le visiteur. Il était debout près de l'ancien cairn, devenu un tas de pierres dérisoire depuis son effondrement. Personne ne s'était soucié de le redresser, ni de rassembler les pierres qui s'étaient éparpillées. L'attention de l'homme était tout entière dédiée à ce qui en restait. Il portait un long manteau qui lui battait les genoux. Sa tête était nue et la brise ébouriffait ses cheveux de ses doigts fins et souples d'amante.

Gwenaëlle vint se placer à côté de lui, contemplant elle aussi la tombe que certains enfants, pour leur malheur, avaient voulu éventrer.

– Je pensais qu'ils l'auraient reconstruite…

Il ne s'était pas retourné, il l'avait d'évidence reconnue sans avoir besoin de la regarder. De même qu'elle n'avait pas eu besoin qu'il se présente.

– Ils disent que l'endroit est maudit. Ils préféreraient faire n'importe quel détour plutôt que de passer par ici.

– Le mal a déjà été fait. Ils n'ont plus rien à craindre.

Le Secret du vent

Sa voix était comme tournée vers l'intérieur, tellement sourde que seule Gwenaëlle était à même de l'entendre.

– Le mal n'était peut-être pas si grand…, dit-elle.

Elle insista :

– Tu es vivant.

Alors seulement il se tourna vers elle, mais sans encore la voir vraiment.

– Tu en es sûre ? Sais-tu seulement quel genre de vie ça a été ?

Il avait parlé rudement, comme s'il cherchait à la blesser, mais elle devinait que c'était sa propre blessure qui saignait encore.

– Non et tu vas me le raconter. Mais pas ici.

Sans même vérifier qu'il la suivait, elle s'éloigna et repartit vers sa maison. L'homme perdu qu'elle s'apprêtait à accueillir chez elle était en manque de chaleur humaine autant que de chaleur physique. Sa cuisine et son chocolat allaient une fois encore remplir leurs bons offices… Elle souriait tout en avançant, persuadée qu'il ne la laisserait pas le distancer trop.

Il la rattrapa juste avant qu'elle ne disparaisse dans la brume. Il marcha deux pas derrière elle tout au long du chemin. Ils n'échangèrent pas une parole, s'accordant un répit tacite avant les révélations qui allaient suivre.

Après leur départ, une loutre des mers vint se frotter aux pierres qui restaient érigées en souvenir d'un passé que les hommes n'avaient déjà plus en mémoire. Elle fixa ses pupilles intelligentes et profondes dans la direction qu'ils avaient prise, bien après qu'ils ne furent plus visibles. Elle ne regagna son abri naturel que lorsqu'ils eurent atteint la maison de Gwenaëlle. Avant de repartir, elle frotta son museau froid et humide contre les pierres, dans un mouvement qu'un être humain aurait pu confondre avec un acquiescement. Puis elle s'éloigna, anonyme créature, pour disparaître dans les flots froids qui fouettaient la côte.

Chapitre 6

Ils étaient seuls dans la cuisine. Le brouillard s'était fait plus dense, comme pour mieux encercler la maison, et un peu de temps s'écoulerait avant qu'une personne indésirable ne vienne se mêler à leur conversation. Son invité était assis, un bol entre les mains, les jambes ramassées sous lui, la tête baissée, comme tant d'autres avant lui, à cette même place.

Gwenaëlle s'installa devant lui, l'observant attentivement. Il lui rappelait ces oiseaux blessés qui se traînaient parfois jusque devant sa porte et qu'elle devait apprivoiser pour soigner. Malène l'admirait pour cela ; la fillette souhaitait plus que tout se faire accepter des animaux, tout comme elle. Petit à petit, Gwenaëlle lui apprenait donc les phrases qui rassurent et apaisent les bêtes inquiètes. Malène était une élève très appliquée.

Les mots, cependant, ne sont pas tout à fait les mêmes pour les hommes ; ils se méfient davantage. Il était encore trop tôt pour qu'elle puisse toucher

Le Secret du vent

son hôte, prononcer quelque formule d'apaisement. Il bondirait sinon et s'échapperait avant qu'elle ait eu le temps de terminer. Il était pourtant là pour être consolé, mais il ne le savait pas encore.

Réfrénant à grand-peine l'envie de passer la main sur son visage, à la lisière de ses cheveux, Gwenaëlle l'incita à parler :

— Si tu me racontais, maintenant ?
— Je commence par où ?
— Par le début. Il y a longtemps que tu es parti...
— Oui, longtemps...

Il se redressa un peu sur sa chaise, mais ne leva pas assez le regard pour croiser celui de Gwenaëlle. La table semblait encore retenir toute son attention. Comme s'il attendait qu'elle lui dicte les mots qu'il devait prononcer.

Il frotta sa paume contre sa nuque nouée, puis se lança :

— Après l'accident, je suis resté longtemps à l'hôpital. Mes parents ne me quittaient jamais. Mon père houspillait tout le personnel, pour que je sois soigné le mieux possible. Parfois, j'entendais les infirmières discuter entre elles. Elles disaient que l'essentiel avait été fait avant mon admission. Que pour le reste, il fallait attendre... Il m'a fallu longtemps pour comprendre ce qu'elles voulaient dire. Mes parents refusaient de répondre à mes questions. Ils n'ont pas tardé à m'interdire d'en poser, même... Ils affirmaient que je guérirais plus vite si j'oubliais ce qui s'était passé. À l'époque, je ne demandais pas mieux que de les croire. Je voulais seulement pouvoir me lever. Même m'asseoir dans mon lit était impossible. Ma mère a déployé des trésors d'imagination pour que le temps ne me soit pas trop long. Elle ne pouvait pas y réussir totalement, bien sûr, mais elle a essayé. Je n'avais jamais de visite.

— Personne ne voulait me dire où tu étais.

Elle avait murmuré. Il continua comme s'il ne l'avait pas entendue :

— Je suis resté deux ans dans cet hôpital. J'ai subi plusieurs opérations destinées à remettre mes os en place. Je devais suivre les ordres d'un kiné. Mes os devaient être plus fragiles que ceux de n'importe qui, parce qu'ils se brisaient parfois sans que j'aie rien fait de particulier. Il fallait alors chaque fois tout recommencer. J'aurais pu être découragé, j'aurais dû l'être, en fait. Mais j'avais l'impression que je n'étais pas tout seul et qu'il fallait que je continue. Que je finirais par y arriver. Que je pourrais revenir ici et te revoir.

Il eut un sourire désabusé.

— Je grandissais et le mutisme de mes parents ne suffisait plus à me convaincre. On a emménagé dans une maison de plain-pied, aménagée spécialement pour moi, pour que je puisse facilement m'y déplacer en chaise roulante. Il y avait même une petite piscine intérieure, pour que je puisse faire mes exercices. Mon père travaillait plus que jamais pour financer tout ça et ma mère s'épuisait à me surveiller, de crainte qu'il ne m'arrive un autre accident. Ça a été long, tellement long ! À part les gens engagés pour s'occuper de moi, je ne voyais jamais personne. Je ne sortais jamais.

Le Secret du vent

Je n'avais pas le choix. J'étais incapable de me débrouiller seul et j'aurais difficilement pu faire le mur. J'ai parfois cru que ça ne finirait jamais, mais quand je rêvais la nuit, je savais que si je faisais suffisamment d'efforts, je pourrais remarcher un jour.

Une branche égarée vint frapper à la fenêtre. Elle repartit, après l'avoir fait sursauter, sans demander son chemin.

– Les années ont passé. Le jour de mes dix-huit ans, j'ai pu, pour la première fois, sortir de la maison debout. Avec des cannes, mais debout. Ma mère est morte deux semaines plus tard.

Gwenaëlle retint le bras qu'elle avait envie de tendre vers lui. Il avait déjà reçu tellement de compassion... Ce n'était pas ce qu'il était venu chercher auprès d'elle.

– J'ai pu m'inscrire dans une école supérieure. Les professeurs qui m'avaient suivi pendant toutes mes années d'enfermement avaient rempli leur tâche avec brio. J'ai choisi l'histoire. Sans doute pour rattraper ce passé dont on ne disait mot chez moi. Tu as devant toi un futur docteur en histoire. Il ne me reste plus que ma thèse à rédiger. Je n'ai pas eu de mal pour choisir mon sujet : je vais parler de notre île.

Il fit une pause. Gwenaëlle allait prendre la parole, mais il poursuivit :

– Pour terminer, il faut aussi ajouter que mon père s'est tué le mois dernier dans un accident de voiture, alors qu'il assurait une garde de nuit.

Mélanie De Coster

J'ai vendu la maison et je suis revenu ici. Maël Tann, celui qui a survécu à sa propre mort, l'héritier maudit, l'orphelin malchanceux, rentre chez lui…
– Maël…
À l'appel de son prénom, il releva enfin la tête. Il ne l'avait pas encore regardée depuis leur rencontre à côté de ce tas de pierres qui avait marqué leur vie à jamais.
– Comment as-tu pu rester ici ? Ils n'ont pas dû être tendres avec toi. Ils ne l'étaient déjà pas à l'époque, ça n'a pu que s'aggraver depuis. Tu n'as pas changé… Tu es toujours la même que dans mes souvenirs. Un peu plus vieille peut-être, un peu plus femme…

Sa voix s'était mise à trembler. C'était la première fois, depuis le début de son récit, qu'il laissait transparaître un peu d'émotion et non plus ce vague désenchantement.

Gwenaëlle n'avait besoin de personne pour comprendre qu'il était en train de mesurer, et sans doute pas pour la dernière fois, à quel point sa vie lui avait échappé. Elle aussi céda enfin à ses émotions et vint s'asseoir sur la chaise libre à côté de lui. Elle le prit dans ses bras et le laissa pleurer sur son épaule. Il avait besoin de ces larmes, comme elle avait besoin de le tenir contre elle. Toute son existence de femme s'était nouée au moment où elle l'avait bercé la première fois, des années plus tôt. Gwenaëlle n'avait cessé de l'attendre depuis que les secours les avaient séparés. Et voilà qu'elle le retrouvait enfin, vivant, contre elle, et les frissons de Maël n'étaient rien comparés à ceux qui l'agitaient.

Le Secret du vent

Les nuages s'étaient tellement amassés autour de la maison que le noir s'était presque fait dans la pièce. Sans se lever, Gwenaëlle alluma une bougie qui attendait dans un coin de la cuisine, hors de sa portée. Suffisamment loin d'eux pour ne pas éclairer trop violemment leurs retrouvailles. Elle ferma les paupières sur l'éclat bleu nuit de son regard, tandis que, devant sa porte, une dizaine de loutres, identiques à celle qui les avait guettés dans le pré aux Sorcières, montaient la garde, prêtes à décourager tout importun qui aurait osé s'aventurer jusque-là, malgré les avertissements de la nature.

Chapitre 7

Au bout d'un long moment, la brume se retira, emportant avec elle, dans ses écharpes de nuages tombés du ciel, les loutres qui avaient veillé, attentives. Hommes et femmes sortirent alors des antres qui les avaient abrités, chacun chez soi.

Lisette avait attendu, grelottant sous un porche, car nul ne se serait déshonoré à lui offrir un abri et la laisser entrer. Adossée contre un mur, ses bras trop maigres serrés contre elle en un piètre rempart contre l'humidité, la jeune fille avait trop froid pour songer à maudire ceux qui la rejetaient. Si elle n'avait pas été la coupable, elle aurait réagi comme eux. Mais elle était bannie et, comme telle, n'avait plus droit de cité dans les maisons fermées.

Lisette atteignit la seule porte qui s'ouvrirait devant elle, tandis que, quelques dizaines de mètres plus loin, les rues s'animaient de nouveau. Elle fut la première à découvrir que Gwenaëlle avait amadoué

Le Secret du vent

l'étranger et à connaître son identité. Son prénom, en fait : Maël. Seulement son prénom… Le reste viendrait ensuite.

Ils lui expliquèrent qu'il s'était égaré dans le brouillard et qu'il était venu frapper à la première porte qui s'était présentée à lui. Lisette n'avait aucune raison de ne pas les croire. Son instinct, pourtant, ou plutôt cette défiance dont elle ne se départait pas vis-à-vis de Gwenaëlle, lui fit soupçonner qu'il y avait plus. Elle se contenta néanmoins de leur explication. Elle n'allait pas mordre la main qui la nourrissait !

Aucune bougie n'était allumée dans la pièce. Une légère odeur de fumée flottait néanmoins dans l'air quand elle entra, odeur qui se volatilisa rapidement car Gwenaëlle maintint la porte ouverte, comme à son habitude. Malène arriva sur ses talons. Comme chaque fois que sa mère la libérait pour une heure ou deux, elle s'était précipitée chez Gwenaëlle pour une nouvelle leçon. La fillette se montrait une élève appliquée, trop de l'avis de sa mère, disait-elle. Ces instants privilégiés devenaient de plus en plus rares, elle revenait pourtant inlassablement, comme avait pu le constater Lisette. Gwenaëlle lui avait ouvert une fenêtre sur la connaissance et la faim de la fillette était insatiable.

À peine entrée, elle attira l'attention de Gwenaëlle sur les traces humides qui ponctuaient le chemin jusqu'à la maison, et toutes deux sortirent les examiner, abandonnant Lisette et Maël dans un face-à-face inattendu.

Mélanie De Coster

Quelques minutes d'un silence pesant s'étirèrent, tandis qu'ils cherchaient un sujet de conversation. Lisette parla la première, acide, provocatrice. Elle en voulait à Gwenaëlle d'avoir attendu sur un trottoir, dans le froid et une brume si épaisse qu'elle n'en voyait plus ses pieds.

— Personne ne t'a encore mis en garde contre Gwenaëlle ?

— Pardon ?

— C'est une sorcière. Mariette a beau dire qu'elle est une sorcière blanche, tout le monde sait que ses pouvoirs ne viennent pas de notre monde.

— Des pouvoirs ? C'est ridicule, je...

Elle le coupa, méprisante :

— Monsieur vient de la ville, bien sûr ! Il ne peut pas comprendre. Il trouvera une explication logique à tout. Au fait qu'elle guérisse les blessures mieux que n'importe quel médecin, que les animaux lui obéissent et qu'elle sache prédire l'avenir. Et encore, ce n'est que ce qu'on sait !

— Comment soigne-t-elle les gens ?

— Avec des plantes.

— Combien d'animaux apprivoisés possède-t-elle ?

Comprenant où il voulait en venir, Lisette répondit à contrecœur :

— Aucun. Mais pour l'avenir...

— Le hasard, rien d'autre... N'importe qui, avec un don pareil, jouerait au loto ou sur les champs de course, et s'enfuirait loin d'un endroit comme celui-ci avec ses gains. Ça me semble évident, non ?

Lisette acquiesça, avant de reprendre, butée :

Le Secret du vent

— Elle ne le contrôle peut-être pas.

Maël haussa les épaules.

— Si Gwenaëlle était une sorcière, elle saurait comment diriger ce… *pouvoir*… Toutes ces superstitions ne sont fondées que sur des racontars.

Lisette se leva. Elle n'était pas encore très loin de l'adolescence et acceptait difficilement d'être contredite.

— Ça, c'est ce que tu crois. Tu ne sais pas comment sont les choses, ici. Pour toi, une ombre blanche qui court sur le chemin ne sera jamais qu'un nuage, non le souvenir d'un fantôme. Tu viens du continent et tu vas y retourner. Dans un de ces endroits où la tradition signifie mettre un sapin en plastique dans son salon en décembre. Ce qu'il y a ici ne représente rien pour toi.

Elle baissa la voix :

— Il vaut peut-être mieux, d'ailleurs. Tu as une chance d'échapper à la malédiction, si tu refuses d'y croire.

Maël s'étonna :

— La malédiction ?

— Tu n'es pas au courant, bien sûr. Ils se sont bien gardés de te mettre en garde… Tu ne sais pas que la maison que tu habites est celle du malheur. Elle est hantée depuis que le mal s'est emparé d'un petit garçon qui y vivait. Ses parents sont partis avec lui en espérant le sauver. Ils ont échoué et tous sont morts dans d'atroces souffrances. Maintenant que tu es de retour, c'est contre toi que le mal va s'acharner. Il a patienté pendant vingt ans et il est plutôt du genre affamé.

Mélanie De Coster

La voix blanche comme un jour d'hiver, Maël demanda :

– Comment sais-tu qu'ils sont morts ?

Lisette fit entendre un rire cruel et moqueur.

– Tout le monde le sait ! Ils n'avaient aucune chance de terminer autrement.

– Peut-être que l'un d'entre eux est encore en vie.

– Dans ce cas, je ne voudrais pas être à sa place !

– Je crois que les présentations ont été incomplètes, Lisette, dit-il alors calmement. Mon nom de famille est Tann…

Lisette recula, soudain inquiète, comprenant sa maladresse. Quelques semaines plus tôt, la jeune fille aurait clamé face à ses aïeux qu'elle n'accordait aucun crédit à ces superstitions ridicules. Mais se trouver face au protagoniste d'une histoire de malédiction, dans la cuisine d'une sorcière liée à cette même histoire, l'impressionnait beaucoup plus qu'elle ne l'aurait imaginé.

Gwenaëlle revint, Malène derrière elle, et les surprit dans une pose étrange, Lisette debout, toute blanche, Maël le regard fixe et les lèvres serrées. Elle décida d'ignorer la situation de tension pourtant manifeste et de les intéresser aux découvertes de Malène.

– Il semblerait que des animaux étrangers soient venus nous rendre visite…, commença-t-elle.

Le Secret du vent

Après un temps un peu trop marqué, Maël cessa de jauger Lisette pour se tourner vers elle.

– Tu peux t'expliquer ?

Tout en dressant la table pour tous, sortant assiettes, couverts et aliments du fond de ses armoires, Gwenaëlle leur raconta ce que Malène et elle avaient découvert au-dehors.

– Il y avait des empreintes. Depuis la rive la plus basse de l'île jusqu'ici. Le sol est encore humide et on les a bien vues. J'ai même trouvé un bout de fourrure accroché à un rocher. Avoue que c'est quand même étonnant...

– Ce le serait peut-être, si tu me disais de quoi il s'agit. Que mange-t-on ?

– De la soupe. C'est la vieille Lili qui me l'a donnée pour me remercier d'avoir soulagé ses rhumatismes. Ces animaux, c'étaient des loutres. Mais pas celles de la région. Les empreintes étaient beaucoup plus grandes, les traces plus profondes. Je crois qu'il s'agit de loutres de mer, mais elles ne viennent jamais jusqu'ici. En principe, elles ne fréquentent même pas de loin nos rivages.

– Comment tu sais tout ça ?

– Gwen sait tout ce qu'il y a à savoir sur les animaux ! répondit Malène avec un enthousiasme admiratif.

Se tournant vers elle, Gwenaëlle fronça les sourcils, tandis que Lisette, toujours debout, lui jetait un regard paniqué. La jeune femme se hâta alors de tempérer :

– Malène exagère. Un peu d'observation et quelques bons livres sont les seules sources de mon savoir. Lisette, assieds-toi et mange...

Des quatre personnes installées ce jour-là autour de la table, seule Malène remarqua que la soupe servie était chaude, alors qu'à aucun moment, Gwenaëlle n'avait allumé de feu sous la casserole. Ce qui l'étonnait, ce n'était pas le fait que la soupe ait chauffé, mais que Gwenaëlle ait procédé à ce tour en public, sans y prendre garde. Elle pressentait que de tels manques d'attention, de telles imprudences, qui risquaient de se reproduire, précipiteraient la perte de son amie. Elle ignorait comment empêcher cela, mais se promit de la protéger autant que ses maigres forces le lui permettraient.

LE SECRET DU VENT

Chapitre 8

Il ne fallut pas longtemps à Maël pour devenir un habitué de la petite maison du bord de l'île. Il en fallut moins encore pour que son identité soit révélée à tous. Le jeune homme était au cœur de la malédiction, mais il était surtout un enfant du pays. Il fut bientôt accueilli partout, en souvenir de ses parents et de son enfance. Chaque maison voulait pouvoir se vanter de l'avoir reçu et nourri au moins une soirée.

Mariette avait lancé le mouvement, entamant la conversation avec lui devant l'épicerie. Conversation qu'ils poursuivaient chaque fois qu'il la croisait. Elle savait qu'il ne méritait pas d'être rejeté. Elle ne s'éloignait jamais beaucoup du village mais Gaspard, lui, parcourait parfois l'île avec Maël, ravivant la mémoire du passé, répétant l'histoire ancienne de celle-ci, qu'il retrouvait à ses côtés. Il ne le disait pas, mais pensait que, pour un être revenu du Royaume des morts, il était plus vivant que tous ceux qu'il avait connus dans sa jeunesse et dont les tombes fleurissaient le continent. Le vieil homme prenait plaisir à sa compagnie et se moquait des superstitions, comme il avait méprisé les ragots qui le concernaient.

Lisette avait ravalé sa rancune, s'était excusée, et Maël et elle maintenaient une paix tacite. À mesure que la saison avançait, que l'hiver venait grignoter les terres immergées, ils apprenaient à se connaître, tandis que Gwenaëlle parcourait l'île pour soigner engelures et autres maux venus du froid, accompagnée de plus en plus souvent de sa nouvelle aide-soignante. Malène apprenait les remèdes, les associations de plantes, les gestes pour déceler les blessures. La discrétion aussi, le silence secret qui précédait et suivait Gwenaëlle partout où elle allait… La fillette ne répétait à personne les leçons de la jeune femme, pas plus que ce qu'elle découvrait parfois derrière les portes de ses voisins. Sa mère avait fini par s'incliner et la libérait de plus en plus souvent pour qu'elle puisse rejoindre Gwenaëlle. Hélène avait surtout compris que si sa fille en apprenait assez, un jour viendrait où ils n'auraient plus besoin de faire appel à la sorcière, sauf dans les situations où la nature seule n'est plus suffisante.

La maison de Gwenaëlle fut rarement vide, cet automne-là. Les îliens s'habituaient à la voir moins souvent seule. Un nouvel arrangement qui ne plaisait pas à tous, mais la plupart se taisaient.

Mélanie De Coster

Les premières gelées surprirent Maël, qui avait oublié les langues de glace qui s'incrustaient sur les vitres et jusqu'à l'intérieur de sa maison. L'habitation n'avait jamais été particulièrement bien isolée, et seul le combat acharné mené par sa mère avait empêché que les hivers de sa jeunesse ne le clouent au lit pour cause de grippe. Chaque fois que quelque chose le déroutait dans cette ancienne et nouvelle vie d'îlien, il allait en discuter avec Gwenaëlle. Il n'avait pas réellement besoin de ses conseils, mais tout prétexte lui était bon pour la voir.

Ce jour-là, il ne la trouva pas chez elle. La jeune femme était partie dans la nature donner sa leçon à Malène. Après avoir échangé quelques bribes d'une conversation un peu laborieuse avec Lisette, Maël laissa la jeune fille à la réorganisation de sa chambre. Elle avait l'intention de réaménager la pièce qu'elle occupait chez Gwenaëlle, lui avait-elle expliqué, ayant accepté l'idée d'y séjourner au-delà de la naissance de son bébé. Maël ne se préoccupa pas de savoir si déplacer des meubles était une activité conseillée aux femmes enceintes. Il repartit presque immédiatement à la recherche de Gwenaëlle.

Il portait un pull épais sous une veste légère, et ses chaussures de toile ne le protégeaient pas réellement du froid. Des médecins avaient décrété, des années plus tôt, que le soleil était le plus apte à réveiller ses membres engourdis, et il avait oublié que le temps de la Bretagne n'était pas le plus clément. Gwenaëlle le gardait des rhumatismes par des décoctions de son cru, mais Maël ne s'était pas encore préparé à ce froid piquant. Il persista

Le Secret du vent

pourtant dans son projet d'atteindre la minuscule crique où Malène et elle devaient se trouver, selon les dires de Lisette.

Le jeune homme s'arrêta sur un petit monticule qui surplombait ladite crique. Gwenaëlle et Malène ne pouvaient le voir, caché qu'il était par quelques arbustes qui persistaient miraculeusement à cet endroit, malgré le vent insistant qui tentait chaque jour d'arracher quelques centimètres à la côte.

Le souci de ne pas les déranger le fit s'attarder là. Il pouvait les observer, entendre leurs paroles même, sans qu'elles se doutent de sa présence. Maël s'inquiéta un court instant de son indiscrétion, mais la conversation des deux femmes n'avait rien de personnel.

Elles étaient accroupies devant des rochers léchés par la mer, qu'elles observaient avec la plus grande attention. Gwenaëlle tenait un canif à la main, avec lequel elle grattait la pierre, glissant dans un bocal ce qu'elle récoltait. Elle devait forcer la voix pour se faire entendre dans le fracas des vagues qui les éclaboussaient et l'air glacial qui les séchait sans pour autant les réchauffer.

– Tu comprends, Malène, le sel, en général, ne gèle pas. Ce n'est pas pour rien qu'on le jette sur les routes pour effrayer le verglas. Il fait fondre la glace comme les limaces. L'eau, elle, peut geler. Sauf l'eau salée…

– Et les icebergs ?

– Ils ne sont pas salés. Certains songent même à les remorquer là où l'eau potable manque. En gelant, l'eau de mer évacue son sel. Pour qu'elle le garde, il faudrait des températures plus basses que celles qu'on observe dans la nature. Les conditions climatiques de cette petite crique sont cependant particulières et nous permettent de récolter du gel de sel. La mer vient lécher ces rochers et le vent la glace sitôt déposée. Ces jolis cailloux retiennent le sel captif, ce qui nous est bien utile. On obtient ainsi des cristaux, ce qui, en soi, n'est pas exceptionnel, sauf qu'ils ont gelé et que leur structure interne en est légèrement modifiée. C'est très rare, tu t'en doutes…

Malène retenait religieusement chacune de ses paroles, attentivement penchée sur la pierre et ses secrets. Tellement appliquée qu'elle en oubliait certainement d'avoir froid. Gwenaëlle l'invita à récolter elle aussi de ce gel composé de sel, mais d'abord à passer le bout de son ongle dessus et à le lécher.

– Les gels de sel les plus efficaces sont obtenus aux premières et aux dernières gelées. Les premières sont évidemment les plus faciles à déterminer.

Malène s'exécuta et fit la grimace.

– Ça pique, pas vrai ?

Gwenaëlle lui sourit et replaça sous son bonnet des mèches qui s'échappèrent aussitôt.

– Peux-tu me dire pourquoi nous en avons besoin ?

La petite réfléchit, l'air concentré. La question de Gwenaëlle signifiait qu'elle devait être capable de trouver la réponse. À quelques pas de là, Maël se pencha pour mieux entendre, soucieux lui aussi d'apprendre l'utilité de ce sel particulier.

Le Secret du vent

Malène commença à parler, d'une voix hésitante, les yeux fixés sur le rocher, comme si elle cherchait à lire entre les veines blanches que le canif de Gwenaëlle avait grattées.

– Pour soigner les maladies hivernales, comme la grippe ou le rhume. Parce qu'il a survécu à la gelée…

Elle releva la tête.

– Mais je ne vois pas dans quel cas précis on peut l'appliquer.

Le sourire de Gwenaëlle illumina son visage.

– Petite futée, tu as déjà trouvé l'essentiel ! Tiens-moi le bocal. Ce sel convient surtout aux nouveau-nés et aux plus jeunes. Ceux dont les défenses immunitaires sont les plus faibles. Il les aide à mieux résister au froid et à toutes les maladies qui l'accompagnent. Je t'apprendrai à en faire une gelée avec les feuilles de menthe cueillies en été. On l'applique sur la poitrine et le front des enfants, matin et soir, durant tout l'hiver.

– Il n'est utile que pour les enfants ?

– Surtout. Mais le gel de sel peut aussi aider les personnes déshabituées du froid.

– Comme Maël ?

– Par exemple…

Gwenaëlle termina de racler la pierre, puis referma son bocal.

– Tu vas lui donner de la gelée saline ?

Gwenaëlle réfuta la proposition d'un mouvement de tête.

– Il refuserait d'en prendre. Je crois qu'il en a un peu assez des médicaments.

Malène se releva elle aussi, aidée de son amie.
— Mais alors, comment… ?
— Eh bien…

Gwenaëlle se pencha vers Malène et Maël tendit l'oreille pour apprendre comment il était soigné contre son gré.

— Ce sel est aussi excellent dans la cuisine. Et maintenant, viens, les petits pains doivent avoir levé, et il faut que tu prennes des forces… Tu as encore plein de choses à apprendre cet après-midi.

Main dans la main, elles remontèrent vers le sentier. Elles allaient passer juste à côté de Maël, qui se recula plus profondément entre les arbres dans l'espoir de s'y dissimuler. Il y heurta une inconnue qui avait eu le même réflexe que lui, et qui lui intima le silence d'un geste, le temps que Gwenaëlle et Malène aient disparu sur le sentier. Puis elle planta son regard malicieux dans le sien et lui sourit franchement.

Maël tenta vainement d'associer son visage à l'un de ceux qu'il avait rencontrés les semaines précédentes. Elle avait l'air avenant et lui semblait presque familière, mais il ne parvenait pas à la situer. Pour sa part, cette femme ne semblait pas le connaître non plus. Se relevant, elle n'engagea la conversation qu'après avoir frotté les brindilles qui s'étaient accrochées à son pantalon.

— Depuis quand les touristes n'ont plus peur d'espionner les sorcières ?
— Les sorcières ?

— Ne me dites pas qu'on ne vous a pas prévenu ! Vous ne savez donc pas que les femmes rousses sont des sorcières ?

Feignant d'être scandalisée par son ignorance, elle se moquait tout bonnement de lui ! Ce que Maël n'apprécia pas.

— Vous racontez n'importe quoi.

Elle ne fit pas grand cas de sa mauvaise humeur et lui répondit avec un grand sourire :

— En règle générale, c'est vrai…

Elle redevint plus sérieuse, songeuse même, et ajouta :

— Mais dans ce cas-ci…

Puis l'inconnue s'ébroua, comme pour chasser des pensées qu'elle ne voulait pas partager avec lui. Vive, elle lui serra la main et s'éloigna sur le chemin. Maël s'élança à sa poursuite.

— Attendez ! Je ne sais même pas votre nom…

Elle se retourna, tout en continuant à avancer.

— Je vous laisse le soin de le découvrir. Sur cette île, la recherche ne devrait pas vous prendre trop longtemps.

Chapitre 9

Lisette se tenait immobile dans la cuisine, une enveloppe ouverte devant elle, une feuille bleue, parsemée d'une écriture minutieusement manuscrite, dépliée juste à côté. Elle était pâle et calme ; trop calme trouva Gwenaëlle, qui renvoya Malène chez elle, malgré les petits pains promis.

Sans mot dire, elle rangea le bocal hermétique qu'elle avait rempli. Elle prit la lettre et l'enveloppe que Lisette avait poussées dans sa direction et alla se poster dans l'embrasure de la fenêtre pour lire les mots que la jeune fille n'avait apparemment cessé de parcourir pendant son absence. Elle la lut une fois, une seule, attentive, et la nuit de ses yeux pâlit à mesure qu'elle découvrait le contenu de la missive.

Elle la replia d'un geste précieux, la glissa dans l'enveloppe, mit le tout dans sa poche, puis observa le paysage immobile de ses pensées.

Dans la pièce, le silence s'épaississait comme un poison vicieux.

Le Secret du vent

Doucement, sans remuer cette atmosphère pesante, Gwenaëlle demanda enfin :
– Où l'as-tu trouvée ?
– Derrière le lit. Je voulais le changer de place…
C'était à laquelle des deux s'impliquerait le moins dans la conversation, chacune conservant une feinte indifférence.
– Bien.
Sans un mot de plus, Gwenaëlle ressortit de la petite maison et se dirigea, sans se presser, vers le pré aux Sorcières. Elle avait laissé son manteau à l'intérieur, mais ne frissonnait pourtant pas malgré le froid ambiant.
Elle marcha d'une traite jusqu'au pré aux Sorcières, le seul endroit de l'île où elle serait apaisée, où personne ne la rejoindrait. Maël lui-même n'y avait plus mis les pieds depuis son premier pèlerinage et leurs retrouvailles ; pour les autres, la superstition était plus forte que la raison.
D'une allure qui n'était ni rapide ni lente, elle alla vers le cairn, devenu muet depuis bien longtemps. Dépassant de sa poche, le bout d'enveloppe bleue tressautait au rythme de ses pas, le vent menaçant de l'emporter. Sans s'y risquer pourtant.
Quand elle atteignit enfin l'autel de pierre, une pluie fine se mit à tomber, zébrant son visage de larmes venues du ciel. Elle ouvrit la lettre pour la relire. Les gouttes maculaient la feuille de traînées d'encre qui emportaient les mots. Mais ils étaient imprégnés dans sa mémoire.

Mélanie De Coster

Ma Gwenaëlle,

Ma petite fille, si tu lis ces mots, c'est que je suis mort sans avoir eu le temps de te confier le secret de ta naissance. Tu es si jeune encore, et je sens mes forces m'abandonner chaque jour un peu plus. Je voudrais tant pouvoir continuer à veiller sur toi, comme depuis le premier jour, mais ce ne sera sans doute pas possible. Tu es ma fille, Gwenaëlle. Peut-être pas au sens où les savants d'aujourd'hui l'entendraient, mais tu es ma fille de cœur. Le cadeau de la mer.

Je t'ai trouvée sur la plage un soir de tempête. Tu n'avais pas encore l'âge de marcher et tu étais seule. Moi aussi. Elle m'avait dit que je te rencontrerais. Ta mère... Ou plutôt celle qui t'a précédée. Il y a des siècles maintenant que l'histoire se répète. Depuis les toutes premières sorcières de l'île. Ce n'est pas un terme péjoratif, ma douce, c'est juste le terme approprié à la puissance qui dort en toi et que tu essaies en vain d'étouffer. J'ai observé tes efforts, mais le pouvoir est en toi, indéniable, je le reconnais. C'est ta force, mais aussi ta malédiction.

Les hommes n'acceptent pas ce qui leur est étranger. Ils ne l'ont jamais pu. Et tu leur fais peur, comme tes ancêtres avant toi. Au départ, elles étaient plusieurs. Ils les ont tuées et enfermées sous les pierres pour ensevelir leur pouvoir. En mourant, elles ont prédit leur retour. Une à une, elles reviennent. Tu es l'une d'entre elles. Les sorcières qui reposent sous le cairn. Ta mère en était une. Je l'ai aimée, aussi fort qu'un homme est capable de donner son amour. Ce n'était pas suffisant pour la protéger. Elle le savait. Depuis le début. Son regard était si triste quand elle m'a quitté, ce soir-là pour aller au-devant d'eux. Mais je ne pouvais rien faire. Elle m'en avait empêché avec l'un de ses sorts. Ils m'auraient tué avec elle, or je devais survivre pour prendre soin de toi.

Le Secret du vent

La malédiction dit que les sorcières de l'île sont détruites du moment où elles aiment. Je n'ai passé qu'une nuit avec elle, une seule, et personne n'a jamais pu prendre sa place. D'une manière qui m'échappe, tu es l'enfant née de cette union. Ses sentiments pour moi l'ont perdue, elle en était consciente et pourtant elle s'est tue jusqu'au dernier instant, s'est sacrifiée, sans regret, je crois. L'amour qu'une sorcière peut offrir est sa seule faiblesse, son plus beau cadeau, sa blessure la plus secrète.

Gwenaëlle, mon enfant, tu lui ressembles tellement, avec tes yeux de crépuscule et tes cheveux de corail, fille de la nuit et de la mer ! Peut-être trouveras-tu un moyen d'échapper à la malédiction. Je ne sais pas si l'amour vaut la peine qu'on meure pour lui.

Tu as une mission. Tu veilles sur l'île et ses habitants. Même s'ils te rejettent sans comprendre. C'est là votre lot, ton lot. Tu devras trouver ta voie, mais tu devais savoir la vérité. Tu ne dois pas avoir peur de ce que tu es : une sorcière.

Adieu, mon enfant, tu n'es pas seule, d'autres que moi veillent sur toi. Les sorcières ne meurent jamais vraiment.

Ton père.

Elle ne pouvait plus nier la vérité, après une telle révélation. Elle était bien une sorcière. Et Lisette le savait. Elle ne parvenait pas à déterminer lequel de ces deux faits était le pire. La lettre de son père signifiait qu'elle n'était pas réellement humaine, mais née d'écume et de rayons de lune. Son corps était un assemblage en tout point ressemblant à celui des autres, mais elle était différente. Tout son univers s'effondrait soudain. Elle ne savait plus qui elle était.

Mélanie De Coster

L'espace d'un instant, elle imagina qu'une crise subite de sénilité aurait pu dicter ces mots. Mais la part d'elle-même qui acceptait déjà la vérité la contraignit à se rappeler : son père avait gardé l'esprit clair jusqu'à la dernière seconde. Au point que, sentant la mort venir, il était parti nager une dernière fois dans une mer déchaînée. Il savait qu'il évitait ainsi l'acharnement que Gwenaëlle aurait mis à le sauver. Il était mort sur un îlot de rochers au milieu de l'eau, visible depuis sa maison. Une crise cardiaque l'avait emporté. Avant de partir, il avait pris le temps d'écrire cette dernière lettre. Elle l'imaginait, penché sur la table de la cuisine, peinant sur le papier bleu, triturant l'antique porte-plume qui avait survécu à son enfance. Elle aurait préféré qu'il s'abstienne. La connaissance, en l'occurrence, ne lui apportait nul réconfort.

Elle tourna le dos au cairn, désirant le nier dans son évidence. Si son père avait dit vrai, une partie d'elle-même était enterrée sous l'ancienne sépulture. Elle n'était donc qu'une résurgence du passé... Le temps s'accordait à sa tristesse et à son courroux. Le vent plaquait ses vêtements contre son corps, moulant ses formes, et l'épais pull marin destiné à la protéger des faibles températures du matin ne résisterait plus longtemps à la pluie. Ses cheveux étaient aplatis en une masse épaisse dans son dos et ses lèvres tremblaient, de chagrin et de colère plus que de froid.

Dans un accès de révolte, elle fit de nouveau face à ce qui n'aurait pu être qu'un insignifiant tas de pierres et l'invectiva :

Le Secret du vent

– Pourquoi ? Pourquoi acceptez-vous de mourir ? Pourquoi revenez-vous ?

Elle tomba à genoux.

– Pourquoi suis-je l'une d'entre vous ?

Ses larmes n'eurent pas le temps de couler qu'une voix se fit entendre, une voix que Gwenaëlle reconnut et dont elle n'eut pas besoin de chercher l'origine. Les femmes du cairn lui parlaient, comme elles s'étaient adressées à elle dans son enfance. Leurs intonations étaient douces, tendres ; elles parvenaient à percer sans effort le grondement de la tempête en attente.

– Tu es toi, Gwenaëlle, entièrement toi. Tu es une part de nous, et nous sommes une part de toi, mais tu existes aussi par toi-même.

Gwenaëlle pencha la tête, cherchant à comprendre. Alors, d'une seule voix, union de plusieurs voix venues de plus loin que les souvenirs, les femmes du cairn lui contèrent leur histoire. *Son* histoire.

– Nous sommes nées sur l'île, un jour de pluie et de grand vent. Notre magie nous était aussi naturelle que la parole. Elle était présente dès notre création. Nous étions neuf. Neuf femmes pour peupler un amas rocheux. Puis des hommes sont arrivés sur des bateaux, dangereux esquifs qui défiaient les tempêtes. Ils ne restaient jamais longtemps. Ils venaient à nous pour que nous les secourions, les guérissions, leur prédisions l'avenir. Rassurer ces êtres si imparfaits et si fragiles, telle était notre mission. C'étaient toujours des hommes ; les femmes ne prenaient pas la mer.

Mélanie De Coster

Un jour, ils ont conduit sur l'île un homme déjà presque mort. Ils avaient placé tous leurs espoirs en nos pouvoirs. L'homme était jeune, beau, bon. Nous ne pouvions le laisser disparaître. La guérisseuse la plus douée, celle dont les dons étaient le plus aiguisés, est restée à ses côtés plusieurs jours et plusieurs nuits. Ses amis étaient repartis sans lui ; c'était la première fois qu'un humain demeurait chez nous aussi longtemps. Et seul. Quand il ouvrit enfin les yeux, la première chose qu'il vit fut le regard couleur du couchant posé sur lui. Il tomba instantanément amoureux de ce crépuscule qui le veillait. Elle aussi. La plupart des hommes avaient évité son regard, par l'effet d'une crainte respectueuse, mais la chaleur qu'elle trouva dans celui de l'homme la retint à son chevet plus longtemps que nécessaire. De ce jour, tout en continuant sa mission, elle entrevit l'amour.

Mais le village d'où venait le jeune malade attendait impatiemment son retour. Une promise et une mère sagace comprirent enfin qu'il ne reviendrait pas et imaginèrent que quelque sort le retenait contre son gré. Par leurs insinuations fielleuses, elles parvinrent à exciter la colère des autres femmes contre ces jeunes beautés qui vivaient sans attaches et à qui leurs compagnons rendaient visite. Il est tellement facile de déceler le mal, même là où il n'existe pas.

Elles convainquirent les hommes de les conduire sur l'île, et menèrent à bien leur vengeance. Tandis qu'ils patientaient sur leur bateau, volontairement sourds et aveugles, elles rendirent la nuit sanglante et l'emplirent de clameurs et de douleur. Le jeune patient, grelottant dans un abri que son amie avait créé pour lui, échappa au massacre, mais entrevit l'horreur dont ses congénères étaient capables.

Au matin, tandis que les femmes, épuisées, regagnaient l'embarcation, les hommes nous bâtirent une sépulture pour se faire pardonner.

Nous étions mortes, mais notre mission n'était pas terminée. Pour ne pas éveiller de nouveau la fureur des femmes, nous ne revînmes jamais toutes ensemble. Sauf sous forme de loutres, quand l'une d'entre nous a besoin de protection. Nous sommes ensevelies ici, mais savons donner vie à d'autres femmes comme nous, qui protègent l'île et ceux qui y vivent. Nous t'avons créée, puis tu t'es ensuite créée toi-même.

Gwenaëlle s'apprêtait à poser une question, mais la voix reprit :

– L'histoire ne s'arrête pas là. La guérisseuse et le jeune homme cherchent toujours à se rejoindre. Leur amour n'est pas terminé. Pour le vivre encore, elle revient et meurt. Indéfiniment. Notre pouvoir n'est pas assez grand pour empêcher cela. Tant qu'elle n'aura pas retrouvé son adoré, il en sera ainsi : elle reviendra et mourra. Il a peut-être le pouvoir de rompre le sortilège, mais notre science ne peut l'affirmer. Jusqu'à présent, elle est toujours morte le lendemain.

Chapitre 10

Gwenaëlle retourna à pas lents vers sa maison. L'écho des voix résonnait en elle ; elle refusait de croire leur histoire, mais ne parvenait pas à oublier leurs paroles.

Elle fut surprise de trouver Maël attablé dans la cuisine ; elle s'était préparée à affronter Lisette et son silence buté, mais pas lui. D'un sourire, elle le congédia, lui promettant tout ce qu'il voulait, de le rejoindre plus tard, de répondre à ses questions, de l'aider à identifier une inconnue… Elle l'écoutait à peine. Seule l'inquiétait Lisette, qui n'osait l'interroger franchement et promenait dans la pièce un ventre déjà lourd. Elle comprenait son malaise. La jeune fille ressentait probablement le besoin de protéger son bébé d'un sort qu'elle imaginait contagieux. C'était la première fois depuis son exil au bout de l'île qu'elle n'en voulait pas à cet enfant non désiré, ni à la Terre entière, mais – Gwenaëlle le lisait dans ses yeux – à celle qui l'avait hébergée sans rien lui demander en retour. Celle que son père lui-même qualifiait de sorcière.

Elle commença la préparation du repas, tournant le dos à Lisette, et s'adressa à elle d'une voix apaisante, pour la calmer tant par son ton que par ses mots :

– Je suis sûre que tu n'as pas encore mangé. Tu n'as sans doute pas très faim, mais il ne faut pas oublier que tu te nourris pour deux, maintenant ! Tu es responsable de lui, de sa vie, c'est ainsi que se comprend aussi le don de la maternité. Je n'ai jamais connu ma mère, mais j'imagine qu'elle devait penser à moi à chacune de ses bouchées.

Les mains encore dans la viande qu'elle malaxait, Gwenaëlle se tourna vers Lisette, un sourire aux lèvres, sourire qui gagna bientôt ses yeux malicieux ; elle savait comment elle allait expliquer le contenu de la lettre de son père.

– C'est ridicule, n'est-ce pas ? Comme si quelques grammes de nourriture pouvaient prendre une telle importance pour une femme enceinte.

Son sourire devint nostalgique, elle se fit comédienne, magicienne d'un jeu d'apparence.

– Quand on ne connaît pas ses parents, on imagine l'impossible à leur propos. Qu'un jour ils descendront de leur château pour nous recueillir enfin, que leur tendresse nous nourrira mieux que le meilleur des pains… Ma mère aurait pu être une reine, une gitane, une aventurière… Elle aurait pu être tout ce qu'elle voulait. Tout ce que *je* voulais.

Mélanie De Coster

Elle fixa Lisette, la prenant au piège de son regard persuasif.

– Papa participait à ce petit jeu avec moi. Régulièrement, il me racontait une nouvelle histoire qui aurait pu être celle de la femme qui m'avait enfantée. Parfois, sous forme de jeu de piste ou de petites histoires qu'il m'écrivait sur du papier bleu... Quand j'ai vu cette lettre, tout à l'heure, elle m'a rappelé tant de souvenirs de mon enfance ! J'en ai une autre, dans laquelle il affirmait que ma mère était une princesse qui attendait à la fenêtre d'une tour d'être délivrée pour me rejoindre. Il puisait largement dans les contes de fées, et j'y croyais... sans y croire vraiment. Tu comprends ?

Lisette acquiesça, mais Gwenaëlle vit qu'elle n'était pas vraiment sûre de ce qu'elle prétendait comprendre, mal à l'aise sous son regard.

– C'était juste une histoire, un jeu... Il me manque beaucoup, tu sais...

L'océan fit une pause dans ses yeux et elle se détourna, dans un geste de pudeur. Quelques secondes de silence passèrent, puis elle offrit de nouveau un regard limpide à Lisette.

– Tu es une fille intelligente, Lisette. Très intelligente. Tu n'avais pas pris cette lettre au sérieux, n'est-ce pas ? N'importe qui se serait douté qu'elle ne contenait que des balivernes. Toi aussi, n'est-ce pas ?

Chaque « n'est-ce pas » était ponctué de mouvements de tête de Lisette, dont l'unique but était, Gwenaëlle le devinait clairement, de la

rassurer. Rejetée de tous, la jeune fille préférait de toute évidence demeurer son alliée que devenir son ennemie. Dans un simple souci de préservation.

Gwenaëlle l'observa attentivement, puis s'apaisa, épuisée soudain, et reprit la préparation du repas.

– C'est bien. Ton enfant pourra être fier de toi.

Un *statu quo* incertain s'instaura dès ce moment, et elles reprirent un semblant de vie commune. Un surplus de réserve marquait leurs rapports, mais elles faisaient toutes deux mine de l'ignorer.

Plus tard, ce jour-là, Gwenaëlle rejoignit Maël, débordant de questions retenues depuis la matinée. Nombre d'entre elles portaient sur la manière dont elle comptait le « soigner » contre son gré. Elle n'était cependant pas prête à lui répondre, à s'exposer à ce qu'elle n'était pas loin de qualifier d'inquisition. Pour la première fois depuis son retour, le jeune homme lui était importun et sa curiosité plus encore. Trop de bouleversements étaient survenus et elle ne savait plus à qui faire confiance.

Pour se libérer, se défouler, elle laissa monter colère. C'était la première fois qu'ils se disputaient. La première fois aussi que Gwenaëlle, qui avait été jusqu'alors le calme même, laissait ses tempêtes l'envahir. Les rares passantes qui les croisaient sur le port s'écartaient d'eux en resserrant leurs châles sur leurs épaules, inquiètes soudain pour leur famille, oubliant leurs courses pour se presser d'aller les retrouver. Seule Mariette, à son poste habituel, parut deviner sa détresse et discerner la tristesse retenue qui brillait dans ses yeux. À force de vivre sur l'île et d'en observer les habitants, elle était devenue experte dans l'analyse du comportement humain.

Ce n'était pas le cas de Maël, et les insinuations continues, qu'il n'avait certainement pas manqué d'entendre à son propos depuis son arrivée sur l'île, lui fournirent sans mal le moyen de la blesser.

– En fait, il n'y a qu'une explication à ton comportement, à tes mystères. Tu es une sorcière, comme ils le disent tous, ou à tout le moins une habile manipulatrice. Tu espères peut-être me jeter un sort, à moi aussi ? Tu crois que je suis dupe de ton comportement ?

Gwenaëlle pâlit sous l'accusation. Il avait frappé exactement où il fallait... Il n'eut pas le temps de s'en repentir qu'elle s'enfuyait, sur ces dernières paroles :

– N'essaie plus jamais de me revoir, plus jamais, tu m'entends ?

Maël comprit alors, pour la première fois de sa vie, que le mal pouvait être aussi douloureux pour le blessé que pour celui qui s'était montré blessant. Il retourna chez lui, abattu. Le ciel tout entier pesait sur ses épaules. Son ressentiment était retombé, sa hargne s'était dissoute et il regrettait ses phrases maladroites.

Le Secret du vent

Mariette l'arrêta alors qu'il passait devant elle et l'invita à s'asseoir à côté d'elle. Il rechigna à peine et se posa près d'elle. Il s'attendait à un sermon et sentait qu'il l'avait mérité.

Mariette lui avait appris qu'elle tricotait tout au long de l'hiver, équipant les enfants de l'île et les célibataires en pulls épais. Ce jour-là ne faisait pas exception à la règle. L'attention apparemment entièrement tournée vers ses aiguilles, elle dit d'une voix sereine qui faisait toute sa force :

– Un tricot, ça demande plus ou moins de concentration. Parfois, ça avance tout seul et on joue des aiguilles les yeux fermés. À d'autres moments, il faut être plus prudent et veiller à ne pas laisser échapper les mailles ou les rangs. Tu n'as jamais tricoté, je suppose ?

Elle n'attendit pas sa réponse. Sa question était surtout un moyen de vérifier qu'il l'écoutait bien.

– De temps en temps, on se trompe et il faut parfois revenir plusieurs rangs en arrière pour recommencer sur de bonnes bases.

Elle leva son tricot devant ses yeux pour l'examiner.

– Dans la vie, c'est un peu la même chose… Une maladresse est si vite arrivée… Ça peut toujours se réparer. Mais plus on attend, plus c'est difficile. Il faut essayer quand même, parce que l'erreur sera toujours là, plus ou moins visible et qu'elle peut détruire ou gâcher l'ensemble de l'œuvre, l'ensemble d'une vie.

Elle l'observa pour s'assurer qu'il l'avait bien comprise. Et de fait, il comprenait tout à fait où elle voulait en venir.

– Gwenaëlle est fragile, tu sais, plus qu'elle ne le croit et plus qu'elle ne le montre. Elle n'a pas trop d'amis. Elle a besoin de toi, même si elle ne le dira jamais. Tu dois te réconcilier avec elle.

Maël eut un petit sursaut de révolte.

– C'est un peu trop facile ! Elle aussi, elle a des torts.

– Je ne dis pas le contraire. Mais t'es-tu demandé pourquoi elle était si bouleversée, ce qui est totalement contraire à ses habitudes ? Elle a des soucis. Je ne sais pas lesquels, même si je peux en deviner certains.

Son regard se perdit dans le vague.

– Je suis ici depuis tellement longtemps ! J'en ai trop vu. Si tu l'abandonnes, tu le regretteras, Maël. Crois-moi…

Maël avait vécu tellement d'années enfermé, tributaire de l'unique amour de sa mère, qu'il avait l'impression de n'être jamais vraiment sorti de l'adolescence. Il avait trop rêvé de liberté pour accepter facilement de se laisser dicter sa conduite.

Il savait pertinemment que Mariette avait raison, mais il tenait à prendre ses propres décisions. Aussi, quand elle lui enjoignit d'aller voir Gwenaëlle, il choisit, par esprit de contradiction, de différer cette visite. Il attendrait d'être persuadé que c'était ce qu'il voulait vraiment. Il avait déjà oublié que les excuses les plus faciles sont celles qui ne patientent pas trop longtemps.

Le Secret du vent

Chapitre 11

Le même soir, une réunion était organisée par le Comité des réjouissances de l'île. Régulièrement, de petites fêtes étaient ainsi programmées, pour que l'isolement ne pèse pas trop aux îliens que les soirées trop courtes coupaient du continent. Novembre était devenu traditionnellement le mois des contes. Veillées et histoires anciennes revenaient à l'honneur, peuplant de cauchemars les ombres froides des nuits d'hiver.

Maël savait qu'il n'y rencontrerait pas Gwenaëlle. Lisette n'aurait pas été acceptée à ces réunions et elle ne l'aurait jamais abandonnée. Pour sa nouvelle protégée, Gwenaëlle se coupait du reste de l'île, renforçant ainsi, sans s'en rendre compte, sans l'avoir cherché, sa réputation de figure de légende, inaccessible et lointaine. Son sens du devoir lui causait du tort.

Ce soir-là, pourtant, Maël ne regretta pas son absence. Il s'installa avec d'autres jeunes qu'il avait connus dans son enfance et ne tarda pas à prendre part à leurs plaisanteries. Les rires jaillissaient généreusement de tous les coins de la pièce, l'atmosphère était chaleureuse et le cidre doux pétillait comme un enfant du soleil dans les verres.

Une heure après son arrivée, la plupart des habitants de l'île étaient rassemblés dans la petite salle. La soirée pouvait réellement commencer. La pièce fut plongée dans l'obscurité, toutes lumières éteintes d'un même mouvement. Seules quelques bougies, délimitant un espace inoccupé – la scène –, conservèrent leurs flammes vacillant sous les souffles maîtrisés des spectateurs.

Le silence s'était fait, frémissant de patience ; les regards, en prévision du rêve, perçaient le cercle des lumières posées à même le sol, tandis que les respirations, plus respectueuses, n'osaient franchir l'espace ainsi délimité.

Sortant de l'obscurité, une jeune fille prit place au milieu de la scène. Elle portait une longue robe blanche et ses cheveux blonds ondoyaient sur ses épaules. Elle fixait le sol en avançant, ne laissait rien deviner de son visage. Elle était une apparition qui conservait son mystère. Ses gestes étaient mesurés, étudiés pour ombrer le mur. Elle était une nymphe sortie des eaux, tout en souplesse et en grâce.

Toutes les personnes présentes l'admirèrent, Maël plus que tout autre. Il retenait son souffle, détaillant chacun de ses mouvements. Le moindre de ses déplacements le captivait. Elle s'arrêta au centre exact de la scène, se posa un instant, immobile, le temps pour chacun de reprendre sa respiration avec elle.

Puis elle releva la tête et commença à parler. Ébahi, Maël reconnut la jeune fille du bosquet, celle dont il ignorait toujours le prénom. Il n'avait pas décelé la légèreté, l'onctuosité de sa démarche, alors. Sa voix elle-même était différente, imprégnée de la profondeur du conte qu'elle narrait. Toute la salle le connaissait. C'était une légende ancienne relatant la rencontre d'un magicien et d'une future magicienne, d'un maître et de son élève. Maerlyn, en langue ancienne, croise le chemin de Vivienne et lui offre le pouvoir ultime. Puis le Barde sans âge, mi-homme, mi-démon, accepte, par amour pour sa belle, d'être à sa merci.

Chacun, y compris Maël, aurait pu réciter l'histoire, peut-être en d'autres termes, mais toujours avec la même fin, celle où la Dame du Lac et le magicien breton se gagnent l'un et l'autre. La narratrice, pourtant, la transformait par son seul art. Mêlant le gaélique et le français, les termes anciens et modernes, insufflant l'envoûtement dans ses descriptions, ponctuant chaque phrase de mouvements légers qui étaient comme une danse au ralenti, elle créait une atmosphère qui s'imprégnait en chacun d'eux.

Son histoire terminée, lorsque Merlin prouve sa reddition, la jeune fille s'éclipsa. Elle s'assit dans l'ombre, à côté de la scène, éclairée malgré tout par les reflets capricieux des bougies. Maël l'observa à la dérobée, comme bon nombre d'autres personnes, ne prêtant qu'une oreille distraite à ceux qui avaient

Le Secret du vent

pris le relais sur la scène. Il n'avait qu'une hâte : que le spectacle se termine enfin pour pouvoir la rejoindre.

Son attente, si longue lui sembla-t-il, fut néanmoins récompensée. Il fut certainement parmi les spectateurs qui applaudirent avec le plus d'entrain. Les lumières clignotaient encore, pas totalement rallumées, qu'il était déjà debout, prêt à rejoindre la jeune fille avant qu'elle ne s'éclipse. Malheureusement, d'autres que lui, pas nécessairement plus rapides, mais plus proches, le devancèrent.

Elle souriait, joyeuse, acceptait de bonne grâce les compliments, sans oublier pour autant de les redistribuer aux autres conteurs de la soirée. À ses côtés se tenait une femme maigre, l'air revêche et inquiet. Ses cheveux se répartissaient en quelques mèches filasse et sans éclat. Sa robe étriquée collait à ses os dans le mouvement qu'elle faisait pour s'agripper à la jeune fille, et ses yeux saillants ne cessaient de dévisager tous ceux qui les approchaient. Maël eut le loisir de l'observer, alors qu'il patientait pour féliciter à son tour celle qu'il considérait comme l'héroïne de la soirée. Il entendit enfin prononcer le nom de son inconnue, Bénédicte, ce qui lui occasionna un vague malaise. Il ne s'y attarda pas cependant. Il murmura ce prénom pour lui-même, avant de voir la place se libérer devant lui, et lui permettre enfin de se présenter.

Bénédicte lui lança un regard étonné, puis ses yeux pétillèrent quand elle le reconnut.

– Vous étiez là ?

Mélanie De Coster

— Bonsoir Bénédicte...
Elle lui sourit, charmeuse.
— Vous voyez, je savais qu'il ne vous faudrait pas longtemps avant d'apprendre mon nom. Vous avez l'avantage sur moi, cependant.
— C'est le fils Tann. Le gamin du docteur. Il est revenu.

Ils observèrent tous deux la femme accrochée au bras de Bénédicte, qui venait de parler d'un ton morbide de prophétesse. Quand le regard de Bénédicte revint sur Maël, il était plus scrutateur que bienveillant...

— Ainsi, tu es revenu. Elle a donc réussi à te sauver... Je comprends mieux pourquoi tu l'espionnais, ce matin.

Choqué, Maël voulut la détromper, mais elle s'enfuit presque, marmonnant une excuse incompréhensible. Elle entraîna dans son sillage son étrange compagne, qui ne semblait pas vouloir se détacher d'elle. Après leur départ, Maël se souvint qu'elle avait appelé *maman* cette femme qui lui ressemblait si peu.

Il ne comprenait pas ce brusque changement d'humeur. Il la vit s'éloigner sans pouvoir la retenir, se fondre dans le simulacre de foule qui les séparait. Tous les regards convergeaient vers lui, comme si tous savaient mieux que lui ce qui s'était passé.

Gaspard le rejoignit après quelques minutes, quand l'attention de tous se fut de nouveau détournée. Du moins en apparence.

— Il fallait t'y attendre, petit...

Le Secret du vent

Contrairement à son habitude, Maël ne s'offusqua pas de cette intrusion dans sa vie privée. Au fil de leurs promenades, il en était venu à considérer Gaspard, sinon comme un ami, du moins comme un compagnon appréciable.

Mais surtout, il avait besoin d'éclaircissements !

Il cessa de fixer la direction dans laquelle Bénédicte s'était éloignée et se retourna vers Gaspard.

– Je ne comprends pas son attitude. Pourquoi a-t-elle fait ça ?

Gaspard le fixa attentivement, avant de répondre d'une voix lente et presque circonspecte :

– Tu ne te souviens pas d'elle, n'est-ce pas ?

– Non. Je devrais ?

Gaspard soupira et l'entraîna à l'écart pour pouvoir lui parler en toute tranquillité. Ils s'assirent sur deux chaises isolées. Le vieil homme fouilla dans ses poches à la recherche de son tabac et de sa pipe, avant de se rappeler qu'il avait arrêté de fumer, plusieurs années auparavant. Il est des habitudes qui remplacent la mémoire.

Maël cachait difficilement son impatience, et fut soulagé quand Gaspard se décida enfin à éclaircir la situation. Il lui raconta l'histoire de l'éboulement du cairn, la reprenant au moment où Maël gisait, inconscient, sous les pierres.

– Quand tu as eu cet accident, il y a des années, tu n'étais pas tout seul à côté du cairn.

– Oui, je sais, il y avait aussi Gwenaëlle.

Mélanie De Coster

Gaspard ne prit même pas la peine de lever la main pour lui enjoindre de se taire, il se contenta de le fixer. Maël comprit alors qu'il préférait ne pas être interrompu. Après une pause plus longue qu'un simple silence, Gaspard reprit :

– Oui, Gwenaëlle. Ainsi que trois autres enfants. Deux filles et un garçon. Le gamin est parti aussitôt chercher du secours. Personne d'autre n'était présent. Personne pour savoir ce qui s'est réellement passé...

Gaspard inspira profondément avant de continuer :

– Tu n'étais pas le seul blessé. Une des petites filles avait aussi reçu son compte. Quand on est arrivé... Quand on est arrivé, elle était morte et la petite Gwenaëlle était agenouillée à côté de toi.

Gaspard avala difficilement sa salive, puis enchaîna, d'une voix morne mais rapide, comme s'il souhaitait à présent en terminer le plus vite possible :

– La petite qui est morte ce jour-là, c'était ma petite-fille Julie. Bénédicte est sa sœur.

Maël voulut intervenir, adresser à Gaspard une parole de réconfort ; il s'abstint de justesse.

– Leur mère a tout de suite accusé Gwenaëlle. On a mis sa réaction sur le compte du choc. Il lui fallait un responsable pour la mort de sa fille. Comme j'ai pris sa défense... Bon sang, ce n'était qu'une gamine, elle ne pouvait pas porter tous les malheurs de l'île sur les épaules ! Elle avait fait ce qu'elle avait pu ! Enfin, bref, elle s'est retournée contre moi aussi. Quant à la petite Bénédicte...

Le Secret du vent

Elle en avait vu plus que la plupart, ce jour-là, et les divagations de sa mère ne l'ont certainement pas aidée. Elle ne l'a pas complètement pervertie, d'autant que la petite est souvent sur le continent avec son père. Ils ont divorcé à la suite de ce drame. Mais elle l'a influencée, ça c'est sûr. J'ai bien essayé de parler à sa mère, mais… Autant vouloir tirer du beurre du cou d'un chien !

Mariette, qui s'était rapprochée en silence, posa doucement sa main sur l'épaule de Gaspard. Il leva vers elle un regard de chien fidèle, avant de terminer son histoire :

— De ce jour, elle n'a cessé de vouloir monter l'île contre Gwenaëlle. Elle a complètement abandonné son ancienne vie pour se consacrer à sa vindicte. Je crains qu'elle n'ait transmis sa haine à Bénédicte. Dans un endroit comme celui-ci, les tensions sont dangereuses. Toujours.

La pression de la main de Mariette s'accentua, et Gaspard se leva pour la suivre. Avant de partir, il prit cependant le temps d'une dernière recommandation.

— Je ne sais pas grand-chose, mais il y a un point dont je suis certain : Gwenaëlle a voulu le bien. Mais certaines forces sont plus grandes que nous, et même elle n'y peut rien. Ce ne sont pas des balivernes de vieillard, crois-moi. J'ai vécu dans pas mal d'endroits où la modernité a pris le pas sur tout le reste. Mais ce qui se produit ici dépasse de loin tout ce que l'homme seul est capable de créer. La colère de Bénédicte et de sa mère risque d'avoir des conséquences plus graves qu'elles ne peuvent l'imaginer. Méfie-toi, petit... Je les aime toujours. Il s'agit de ma fille et de ma petite-fille. Mais ne te laisse pas contaminer par leur rage. Ne te laisse pas contaminer...

Après ces dernières paroles, Mariette réussit enfin à entraîner Gaspard à l'écart, jetant un dernier regard compatissant vers Maël.

Seul dans son salon, ce soir-là, Maël replongea dans les souvenirs de son enfance, cherchant à se remémorer la funeste journée et celles qui l'avaient précédée. Il avait soigneusement évité jusqu'alors de s'y confronter. Sa mère l'y avait encouragé, ayant refusé, tout au long des années, d'évoquer l'épisode ainsi que leur vie sur l'île. Elle souhaitait oublier cette période, voulant croire que ne pas parler de l'accident suffirait à l'annihiler. À diminuer la souffrance qu'il avait provoquée, en tout cas.

Elle avait tort. Son père n'avait pas eu le courage de la contredire, cependant, et Maël avait fini par se résigner, bien malgré lui.

Mais depuis son retour sur l'île, des images lui revenaient par bribes, des impressions fugaces qu'il prenait garde de maintenir en lisière de sa conscience. Sa conversation avec Gaspard le convainquit qu'il était temps d'affronter son passé. Il ne comprendrait jamais rien de l'île sans cela, et une partie de ce qu'il était lui échapperait aussi.

Le Secret du vent

Il parvint à évoquer le groupe d'enfants qu'ils formaient. Bénédicte, qui se joignait à eux dès que sa sœur Julie le lui permettait. Gwenaëlle, qui était souvent si seule, même quand ils étaient ensemble. Thomas, qui se croyait le plus fort parce qu'il venait d'ailleurs. Julie, enfin, et son regard doré qui le suivait toujours avec confiance, quelle que soit l'aventure dans laquelle il les entraînait.

Il avait oublié qu'elle était morte. Ou, plutôt, il soupçonnait sa mère de le lui avoir caché. De ce jour-là, il n'avait conservé que la sensation des pierres qui l'écrasaient et la présence lumineuse de Gwenaëlle. Pour la première fois, il prit conscience que d'autres que lui avaient souffert.

À la vision de la conteuse agile se superposa celle d'une petite fille blonde et silencieuse, qui les servait comme des rois pour mériter l'autorisation de se mêler à eux. Comment aurait-il pu imaginer qu'elle verrait sa sœur mourir sous ses yeux, lors de l'un de leurs jeux ?

Il s'en voulut alors terriblement de l'avoir oubliée, et de ne pas l'avoir reconnue. La douleur lui avait été tellement familière qu'il n'avait jamais considéré qu'elle puisse accompagner d'autres que lui.

La peine de la mère de Julie n'expliquait pourtant pas le ressentiment qu'elle nourrissait pour Gwenaëlle. *Madame Aven...* Maël prononça son nom à voix haute dans la pièce illuminée d'un feu de bois et un flot de souvenirs le submergea.

Mélanie De Coster

Elle avait été la plus belle femme de l'île. Affectionnant particulièrement les robes rouges, en accord avec son rouge à lèvres… Pour les jeunes garçons du village, et même pour d'autres plus âgés, c'était un privilège d'arborer en étendard la trace de ces lèvres sur la joue. Elle portait son sourire et sa joie de vivre comme un flambeau. Toujours soignée, elle était pour lui le symbole même de l'élégance. Juste après sa mère, qu'il plaçait sur un piédestal.

À présent qu'il y repensait, il pouvait encore la deviner sous les traits de la terne pythie attachée aux pas de Bénédicte. Sa transformation témoignait des épreuves qu'elles avaient traversées mieux que n'importe quel discours.

Ce soir-là, pour la première fois, Maël éprouva de la compassion pour un autre que lui. Il plaignit l'enfant sage et la mère enjouée que le sort avait cruellement frappées. Il se sentait lié à elles : il pouvait concevoir ce qu'elles avaient vécu.

Dans la nuit qui s'étendait, noire sous un ciel couvert, il en oublia qu'une autre personne avait été durement marquée par ces événements, qu'une autre enfant innocente avait elle aussi vécu par la suite des jours sans joie. Ses cicatrices ne se voyaient peut-être pas sur son visage, mais aucun enfant exposé à la haine ne s'en sort indemne.

Seule dans son lit, abandonnée une nouvelle fois, Gwenaëlle pleurait silencieusement, pour ne pas éveiller Lisette.

Le Secret du vent

Après des années d'attente qu'elle avait crues enfin comblées, sa vie reprenait son cours sous le sceau de l'absence.

Quand l'espoir est à portée de main, il est encore plus douloureux de le voir s'enfuir.

Mélanie De Coster

Chapitre 12

Malène devait se souvenir longtemps de la promenade d'étude qui suivit la cueillette du gel de sel. Elle trottinait aux côtés d'une Gwenaëlle plus taciturne qu'à l'accoutumée. Elles allaient inspecter le nid abandonné d'un oiseau qui avait préféré s'envoler vers des contrées plus clémentes. Malène babillait pour meubler le silence, évitant avec trop de précautions le sujet qui la taraudait : l'absence de Maël depuis plusieurs jours. Gwenaëlle lui prêtait une attention beaucoup plus soutenue que celle que lui accordaient la plupart des adultes, mais elle sentait pourtant chez son amie une réserve certaine, et elle aurait souhaité pouvoir la dissiper.

Elles arrivèrent à hauteur du défilé du Pont-de-Loup, mince sentier creusé entre deux murs de rocs, qui devait les mener au nid. Elles s'arrêtèrent à distance respectueuse de l'ouverture. Sur leurs gardes. Tendues.

Le Secret du vent

Un groupe de loutres fermait le passage. Rien dans leur attitude ne suggérait la menace, mais leur taille imposante et leur calme apparent impressionnèrent Malène.

Gwenaëlle s'avança à pas lents mais réguliers, son amie collée à elle. Le vent rabattait son long manteau sur son visage, lui camouflant la scène par intermittence.

Une des loutres se sépara de ses congénères et s'interposa entre le groupe et elles. Elle paraissait à Malène plus grande encore que les autres, plus solide. Leur fourrure grise se détachait à peine sur la pierre. La loutre qui s'était avancée était toute blanche, quant à elle, et son pelage se fondait presque dans la neige. Leur présence compacte inquiétait Malène, ravie de ne pas être seule face à elles, plus heureuse encore que sa compagne soit Gwenaëlle.

Cette dernière s'arrêta juste en face de l'animal, à distance raisonnable, assez près cependant pour distinguer la goutte qui perlait à sa moustache. Comme si la loutre avait fusé hors de l'eau pour se précipiter au-devant d'elles, sans prendre le temps de se sécher.

De sa place, Gwenaëlle était surtout idéalement située pour lire l'irisé de son regard. Le temps s'étira alors pour Malène dans les volutes de leurs haleines embuées. Figée sur place comme si la glace l'emprisonnait, elle n'osait remuer de peur d'effrayer les pesantes créatures qui les auraient renversées dans leur course.

Mélanie De Coster

Pas une, pourtant, ne frémissait. Impassibles, elles se contentaient de patienter tandis que durait le silencieux tête-à-tête entre la femme rousse et la loutre blanche.

Ses larges pupilles marron auraient pu contenir un message humain et Malène aurait voulu être à même de le déchiffrer. Elle était persuadée que Gwenaëlle y parvenait, qu'un dialogue, auquel elle ne pouvait pas plus prendre part que le ciel écrasant, se déroulait devant elle. Elle s'accrochait à Gwenaëlle dans le vain espoir de moins éprouver le sentiment d'abandon qui l'étreignait. Si celle-ci avait conçu le projet de la laisser à elle-même et de disparaître avec les loutres, elle n'aurait pu la retenir.

Malène en était à l'imaginer se transformant pour mieux glisser dans les flots à l'instar de ses nouvelles comparses, quand Gwenaëlle sortit enfin de son mutisme et l'entraîna à l'écart, évitant le défilé. Elle était préoccupée, plus encore qu'à l'aller, et sa tension était cette fois si palpable que la petite ne put se résoudre à converser avec le silence.

Après quelques mètres passés à haleter derrière elle pour suivre son pas précipité, elle stoppa net, croisa les bras sur la poitrine et exigea une explication. Elle ne l'aurait sans doute pas questionnée de front si sa peur n'avait été si grande à cause de l'étrange rencontre à laquelle elle avait assisté. Quand on vit les uns sur les autres dans un lieu où ces fameux autres sont peu nombreux, on apprend très tôt à respecter la part d'intimité de chacun.

Le Secret du vent

Mais Malène n'était qu'une enfant et, même si sa fréquentation assidue de Gwenaëlle lui apprenait le sens du secret malgré elle, elle avait besoin d'un exutoire à ses craintes. Il ne fut pas utile à Gwenaëlle de la regarder longtemps pour le comprendre. Elle l'invita donc à s'asseoir quelques minutes au bord du chemin et s'installa à ses côtés. Le sol était glacial, humide, mais elles n'y prirent pas garde.

La regardant droit dans les yeux pour mieux y lire ses sentiments, Gwenaëlle entreprit de la rassurer.

– Il ne faut pas t'inquiéter, Malène... Il ne nous est rien arrivé et il ne nous arrivera rien. La scène avait de quoi surprendre, c'est vrai, mais ces loutres ne nous voulaient aucun mal.

– Elles étaient tellement grosses ! On n'aurait pas pu se défendre si elles nous avaient attaquées.

– Elles étaient plus grandes que la moyenne, je suis d'accord. On ne doit pas en voir souvent des pareilles. Mais les loutres s'en prennent rarement aux humains, tu sais. Et celles-là étaient plutôt calmes, tu ne trouves pas ?

Malène fut bien forcée de le reconnaître.

– Tu as déjà dû entendre parler de ces animaux qui sentent l'imminence des catastrophes et qui en préviennent leur entourage ?

Malène acquiesça d'un petit signe de tête.

– C'était le cas. Ces loutres étaient là pour nous signaler qu'il valait mieux ne pas emprunter le passage pour le moment.

Gwenaëlle la considéra plus sérieusement.

– Tu me promets de ne pas t'en approcher sans moi ?

– Oui. Mais tu es restée si longtemps face à la loutre blanche… J'ai cru qu'elle t'hypnotisait, qu'elle allait t'emmener, ou… je ne sais pas…

Gwenaëlle eut un petit rire et la prit dans ses bras.

– Tu n'as pas à t'en faire. Aucune loutre ne pourrait me convaincre de partir pour le moment. Je ne t'ai pas encore tout appris.

Elle s'écarta un peu et lui caressa la joue.

– Je la regardais simplement parce qu'elle était belle. Tu ne trouves pas qu'elle l'était ?

Malène hocha la tête une fois de plus. Maintenant qu'elle y repensait, sans la peur qui l'avait paralysée, elle devait bien reconnaître que la fourrure immaculée de l'animal était magnifique. Rassérénée, elle accepta de repartir avec Gwenaëlle pour une tournée d'inspection des convalescents de l'île.

Depuis la veillée, Maël était bien décidé à revoir Bénédicte et à lui parler. Il voulait retrouver l'enfant qui se mêlait à leurs jeux et, d'une certaine manière, il cherchait aussi à se faire pardonner le décès de sa sœur – même s'il n'en était pas responsable.

Les jours précédents, Bénédicte s'était appliquée à l'éviter ; il se sentait pourtant proche du but. Pour

Le Secret du vent

lui, le matin s'était levé, ce jour-là, dans l'unique dessein de consacrer sa victoire.

Il alla se poster sur le port pour assister à l'arrivée du bateau de livraison. Il avait observé que Bénédicte allait chaque jour s'y approvisionner. Elle recevait des colis scellés, qu'elle manipulait avec d'intenses précautions, sans jamais en dévoiler le contenu.

Elle arriva bientôt. Elle portait un sac en osier, suffisamment large et profond pour y dissimuler ses acquisitions. Ses cheveux étaient noués serrés, pas assez cependant pour lui conférer l'air sérieux qu'elle tentait d'afficher avec d'autant plus d'ostentation qu'elle le voyait s'approcher.

Au cours de ses tentatives précédentes pour lier conversation avec elle, il avait compris l'inutilité de certaines démarches : pas la peine de vouloir la soulager de ses paquets, ni de l'accompagner jusqu'à sa porte en pérorant. Toutes ses démonstrations de virilité et de galanterie avaient échoué jusque-là. Il avait alors voulu susciter sa compassion mais elle n'avait même pas fait semblant d'avoir pitié de sa boiterie. Maël n'avait pourtant pas passé des années allongé sans développer une certaine inventivité et il avait concocté un nouveau plan. Il s'était fait discret pendant quelques jours. Il savait qu'elle constituerait une « proie » plus facile, si elle était moins sur ses gardes, l'ayant un peu « oublié ».

Dans sa relative solitude, il était devenu d'une importance capitale pour lui de se lier d'amitié avec elle et toutes les ruses étaient bonnes pour y parvenir.

C'était aussi une revanche, un moyen de faire comprendre à Gwenaëlle qu'il n'avait pas besoin d'elle. Que sa colère contre lui ne le touchait pas.

Il était même fermement persuadé que cette mise à l'écart le libérait.

Il croyait avoir compris un point primordial de la nature humaine : on apprécie d'autant plus la présence des gens qu'on se sent important pour eux. Bénédicte n'aimait pas qu'il s'impose à elle, mais elle goûterait peut-être l'inverse. Il allait lui demander son aide.

Armé de cette intention, il s'avança vers le quai, précis dans son approche, soucieux de ne pas l'alarmer. Les badauds habituels se pressaient autour d'eux. Il allait atteindre son but, sa main à deux doigts de se poser sur l'épaule de Bénédicte, qui lui tournait le dos. Il entrouvrait déjà les lèvres pour prononcer son prénom, quand un cri s'éleva à l'autre bout du port : « Le Mathieu est mort ! »

Aussitôt, le brouhaha monta. Bénédicte tourna vers lui un regard désarmé avant de s'élancer, comme la plupart de ceux qui se trouvaient là, vers celui qui apportait la nouvelle.

Malène, qui revenait de sa promenade avec Gwenaëlle, suivit elle aussi le mouvement et se faufila entre les passants jusqu'aux pieds de l'orateur, anonyme parmi un groupe d'enfants en vacances.

Le Secret du vent

« Le Mathieu » était un îlien, un marin solide qu'aucune tempête n'avait jamais démonté. Du moins jusqu'à l'hiver précédent, durant lequel il avait perdu sa femme et son fils. Sa fille tenait leur maison alors qu'il avait choisi une bouteille de vieux whisky comme bâton de vieillesse, bouteille qu'il remplaçait fréquemment. Il errait seul sur l'île, prédicateur oublié, condamné à rester à terre depuis qu'on lui avait retiré sa licence maritime. Aucun des deux cafés de l'île ne l'acceptait plus. Ils craignaient trop d'attiser les foudres de celle que le Mathieu accusait de son malheur : Gwenaëlle. Au fil des années, elle s'était vue chargée ainsi de la responsabilité de toute mort qu'elle n'avait pu empêcher.

Dès qu'on annonça que le corps du Mathieu avait été découvert dans le défilé du Pont-de-Loup, Malène se dit que cette mort-là ne ferait pas exception à la règle. Elle demeura sur place pour en apprendre un peu plus sur les circonstances de la découverte et afin d'entendre les premières supputations.

Elle disparut ensuite par une rue transversale, tandis que l'attroupement se dispersait. L'information n'allait pas tarder à se répandre comme un pot de miel renversé en plein soleil, et elle voulait prévenir Gwenaëlle avant qu'il ne soit trop tard.

Mélanie De Coster

Même si elle ne se l'avouait pas encore, la peur la taraudait : elles auraient dû traverser ce défilé. Elles s'en étaient abstenues et une autre personne était morte – *à leur place*, ne pouvait-elle s'empêcher d'ajouter.

Sa course fut furtive et rapide.

Bénédicte et Maël n'échangèrent pas un mot sur le port, mais demeurèrent côte à côte. Les gens se dispersaient dans les rues de l'île, propageant la nouvelle. Ils furent bientôt seuls, hormis les marins qui s'étaient remis à la tâche. Perdus dans leurs pensées, ils les observaient, sans réelle conscience de leur présence. Ils étaient trop jeunes pour avoir connu le Mathieu, personnellement en tout cas. La mort, cependant, frôle de ses doigts glacés tous ceux qui la voient passer. Et Bénédicte et lui étaient plus frileux que d'autres…

Quand le bateau face à eux fut entièrement déchargé, Bénédicte, qui paraissait fragile, tout à coup, demanda à Maël de la raccompagner chez elle. Il se permit une hésitation, saugrenue puisqu'il atteignait son but, avant d'accepter. Elle se pendit à son bras et ils se dirigèrent vers l'intérieur de la petite ville.

Maël sentait son avenir envahi de sombres pressentiments. Ses soucis le dispensaient de l'envie de discuter avec Bénédicte, alors même qu'il tenait là

Le Secret du vent

sa première véritable occasion, depuis qu'elle avait appris son identité. Elle s'accordait à son silence et leur marche fut taciturne.

En quittant le port, ils passèrent devant l'échoppe de Juliette. Gaspard était assis à son poste d'observation coutumier, scrutant le ciel, les sourcils froncés. En le dépassant, Maël l'entendit marmonner entre ses dents : « Les mouettes volent le bec en avant. C'est signe de mauvais temps. C'est même un très mauvais signe. » Puis le vieil homme soupira et se signa, l'air un rien désabusé. Il n'était pas spécialement connu pour sa dévotion et Maël s'étonna de son geste. Quand il désira en faire part à Bénédicte, il se rendit compte qu'elle n'avait rien remarqué. Ses préoccupations semblaient pourtant similaires à celles du vieil homme, car elle entreprit de lui énoncer tous les présages que cette mort dans le défilé du Pont-de-Loup annonçait. Maël, agacé par toutes ces légendes qui n'en finissaient pas de régenter la vie de l'île, s'excusa et la laissa rentrer seule. Il était inquiet, mais d'une inquiétude diffuse, sans objet précis. Sans plus réfléchir, il s'éloigna du centre de la ville pour trouver un peu de tranquillité.

Courant à perdre haleine, Malène rejoignit Gwenaëlle dans son jardin. Cette dernière y patientait, debout, un châle émeraude foncé autour des épaules, tournée vers la mer et son appel silencieux. En ce début d'après-midi, la lumière irradiait le paysage déjà blanchi, fané, de ce bout de Bretagne.

Emportée par son élan, Malène ne s'arrêta qu'aux pieds de Gwenaëlle. Cette dernière ne frémit même pas, attentive au chant de l'écume.

– Le Mathieu est mort. Dans le défilé du Pont-de-Loup.

– C'est bien.

Le ton était dénué d'émotion.

Malène se redressa dans un sursaut.

– C'est bien ?! Comment peux-tu dire ça ? C'est vrai, alors, ce qu'ils disent ? Tu as voulu te venger...

– Ce n'est pas moi, Malène... C'est le défilé.

– Le défilé ?

D'une voix aussi pâle que la mer qui s'écrasait à ses pieds, Gwenaëlle tenta de fournir une explication, un aperçu de raisonnement.

– Le défilé avait soif de sang. Faim de mort. Quelqu'un devait y passer. Il vaut mieux que ce soit le Mathieu. Son cœur était déjà vide de vie. Il attendait depuis longtemps que le défilé l'appelle.

– Les loutres, ce matin... Elles t'ont prévenue ?

– Oui.

– Mais pourquoi ? Pourquoi cet endroit avait-il... ? Voulait-il... ?

Malène n'arrivait pas à prononcer ces mots, synonymes d'horreur.

Sans la dévisager, presque désincarnée, Gwenaëlle vint à son aide.

– Il est des lieux, tout comme des humains, que le mal ne quitte jamais vraiment, Malène. Combien s'acharnent à vouloir le mal, combien y rencontrent leur plaisir ? Qui peut les comprendre ? J'aurais peur, à essayer, de devenir comme eux.

– Mais là, c'est juste des cailloux, un sentier ! Ça ne peut quand même pas être aussi méchant qu'un homme !

Gwenaëlle l'observa, l'interrogeant déjà du regard, avant de poser sa question :

– Tu crois que les endroits ne vivent pas, Malène ? Eh bien, détrompe-toi. Ils vibrent, bien plus que beaucoup de gens insensibles, ignorant les sentiments. Tu crois qu'ils n'ont pas de mémoire ? Elle remonte pourtant plus loin que tu ne peux le compter et demeurera, même quand ta poussière se sera dispersée.

Gwenaëlle tourna la tête vers le chemin qui menait au cairn d'antan.

– Cette île… cette île est un concentré de tout ce qui a pu exister. Ici, rien n'a disparu et la surface de l'indicible est toute proche. Rentre chez toi, Malène, et n'en sors que sur mon appel.

Faisant un visible effort, Gwenaëlle plongea son regard lointain dans celui, bouleversé, de Malène.

– Tu m'entends ? Ne sors pas. Le vent se lève et l'histoire gronde. Ce soir est soir de révélation. Si la nuit passe, tu pourras continuer.

L'effroi liait sa glotte et Malène ne put que hocher la tête. Le vent montait à l'assaut de l'île, en effet. Le visage que Gwenaëlle lui offrait paraissait plus diaphane, contrasté par les saignées de ses cheveux, malmenés d'humidité.

Gwenaëlle parut ensuite l'oublier, la laissant rentrer seule chez elle.

Quand le promontoire qui prolongeait la maison de Gwenaëlle fut déserté, Maël sortit de sa cachette. Il n'avait pas voulu les espionner. Ses pas distraits l'avaient simplement mené là, à la rencontre d'un refuge qu'il ne savait pas chercher. Il avait hésité, entre son amitié et une colère déjà apaisée ; l'attitude des deux jeunes filles avait contribué à fixer son attente.

La fillette l'avait dépassé sans le voir. Il était aussi choqué qu'elle, alors qu'il se pensait plus mature. Tout ce qu'il comprenait pourtant, c'était que Gwenaëlle devait être perturbée et qu'elle avait besoin d'aide. De *son* aide. Et il se trouvait qu'enfiler une armure de preux chevalier n'était pas pour lui déplaire.

Il la suivit. Gwenaëlle n'était déjà plus visible, mais il savait où elle allait.

Le Secret du vent

Deux femmes courent. Échevelées. Le bas de leur robe est effrangé, elles l'ont déjà accroché plus d'une fois dans leur fuite affolée. Les pierres mordent, les branches griffent ; la nature qui les a toujours accompagnées ne peut plus les aider. Leurs pouvoirs ne servent qu'au bien. Au détriment de leur survie.

Un rayon de lune, fluet, lointain, éclaire maigrement leur chemin. Un autre crée derrière elles des ombres qui les suivent.

D'autres femmes, qu'elles n'entendent pas, sont à leur poursuite. Elles n'ont pas besoin de se retourner pour les guetter, car elles savent qu'elles seront rattrapées.

Elles parviennent à l'entrée d'un chemin haut, étroit, creusé dans la pierre par le temps. C'est le dernier qu'elles prendront. Elles s'arrêtent. D'un même mouvement, leurs mains se joignent. Elles y pénètrent à pas lents.

La curée se rapproche. L'hallali s'annonce dans les cris des femmes qui les pourchassent. Le goût du meurtre les précède, se heurte aux enfants de la nuit, aux ombres solides dont les crocs se dévoilent. Une horde de loups gris naît des rochers stériles.

La furie des femmes est tellement puissante, pourtant, qu'elle les pousse en avant, les précipite vers les mâchoires qui serrent, les pattes qui déchirent. Il y a autant de femmes que de loups, et les deux qui se sont arrêtées et les observent pourraient se croire sauvées. Le sang coule ; il est bu par la terre, aspiré par le roc, et noie les rares pousses qui pensaient pouvoir éclore.

Mélanie De Coster

Leur folie décuple leurs forces, et leur acharnement à tuer détruit les loups qui s'essoufflent sous leurs coups. Ils s'effondrent, pattes chancelantes, oreilles tombantes, queue sans bravoure, crocs fatigués. Au moment de redevenir poussière, chacun d'eux pointe un regard de regret vers les deux ombres blanches illuminées de lune qu'ils auraient voulu protéger. Ils les abandonnent, sans ressources, honteux.

Elles seront détruites sous les mêmes coups, leurs sangs se mêleront et ne se dissiperont jamais vraiment.

La haine peut être fatale. Mais elle-même ne disparaît jamais.

Chapitre 13

Gwenaëlle lui tournait le dos. Il voyait ses cheveux pleurer sur ses épaules, tout son corps malmené d'abandon. Il s'avança pour la serrer dans ses bras, la consoler, la ramener à lui. Elle tremblait, indifférente apparemment ; elle s'écarta d'un pas quand il se rapprocha d'elle.

La pluie se mit à tomber, le ciel s'obscurcit d'un coup, comme si la nuit ne venait trop tôt que pour eux.

– Tu ne devrais pas être ici, Maël…

Les mots parurent franchir avec peine le barrage de ses lèvres. Elle s'obstinait à nier sa présence.

– C'est elle que tu as choisie, alors tu devrais être près d'elle.

– Je n'ai choisi personne. Gwenaëlle, écoute-moi…

Son ton se fit pressant ; il s'approcha encore, posa sa main sur son épaule, mais elle se dégagea avec brusquerie.

Le Secret du vent

– Tu ne sais rien, tu n'es qu'un petit garçon. Il vaut mieux qu'on ne se voie plus.

– Un petit garçon ! Je suis plus vieux que toi ! C'est quoi, ce langage que tu me tiens ? Gwenaëlle, regarde-moi !

Il ne l'atteignait pas. Elle n'avait d'ailleurs pas besoin de bouger pour s'éloigner de lui. Les gouttes l'écrasaient, la buée de sa respiration stagnait dans l'air et il ne parvenait pas à la rejoindre.

– Elles sont là. Elles m'attendent. Si j'en apprends suffisamment… Je pourrais avoir le choix, je pourrais les venger.

Elle fit une pause, puis reprit d'une voix sourde :

– Je pourrais me venger…

Sous la pluie, dans la lumière ténue qui faiblissait encore, elle semblait plus que jamais auréolée de sang.

Maël n'hésita plus, il l'écarta de force du cairn et en retour, essuya sa colère.

– Tu es comme les autres ! Ceux qui ne sont pas comme toi te font peur. Tu voudrais me détruire, toi aussi ! Mais tu n'oses pas. Tu n'oses pas, n'est-ce pas ?

Elle leva la main, d'un geste empreint d'une élégance qui ne convenait pas aux circonstances. Accompagnant son mouvement, des brindilles éparses se rassemblèrent et entamèrent une ronde. Elles s'élevèrent en colonnes et dansèrent sur elles-mêmes.

Gwenaëlle ne lui permit pas de l'interrompre ni de l'interroger.

– Tu crois être plus fort que moi parce que tu es un homme ? Mais tu n'es qu'un homme, mon petit Maël. Et je refuse de mourir à cause de toi.
– Mais je ne veux pas que tu meures !
– C'est ce que tu dis maintenant. Évidemment. Tu veux te protéger.

Elle abandonna le lot de branchettes et le fixa. Au loin, un loup hurla. Les yeux de Gwenaëlle flamboyaient. Maël comprit alors que le peu de luminosité qui demeurait autour d'eux provenait d'elle. Et qu'elle augmentait à mesure de sa colère.

– Mais je ne me laisserai pas faire. Je ne suis pas comme les autres.

Étrangement, elle ajouta :
– J'aurais dû te laisser mourir ici.

Elle l'avait dit piteusement, sans animosité.
– Sauf que je ne suis pas mort. Et que je suis revenu… Pour toi, Gwenaëlle. Uniquement pour toi… Parce qu'une diablesse de petite sorcière aux cheveux roux ne cessait de hanter mes rêves. Et qu'elle refusait de se laisser rattraper.
– Tu rêvais de moi ?
– Parfois, tu pleurais. Une douleur dont tu ne voulais pas me parler débordait de toi. Je savais que j'étais le seul à pouvoir te consoler, mais tu restais tellement loin…

Leurs paroles semblaient apaiser la tempête. Elle se tempérait, refluait.
– Je t'ai attendu. Tu m'as tellement manqué !

Le Secret du vent

— Il fallait que je revienne, mais je n'en avais pas le courage. Ta présence s'effilochait au fil de mes nuits, de mes rêves… Je frisais l'insomnie à force de te guetter.

Il n'avait fait que revisiter son passé, depuis son arrivée sur l'île. Un peu trop, sans doute, même pour un apprenti historien. Parfois, mieux vaut affronter le présent. Alors il fit face à Gwenaëlle. La haine qui avait teinté son regard avait fondu.

— Gwenaëlle, s'il te plaît, ne m'oblige pas à repartir encore une fois. J'ai peur de rêver un jour que tu disparais.

— Je suis une sorcière, tu sais ?

— Tu tiens absolument à tout mettre au clair ?

Elle acquiesça, presque timidement.

— Je suppose que je vais devoir m'y faire… Après tout, je me suis toujours vanté de n'avoir aucun *a priori*. Je dois donc être capable d'inclure le surnaturel dans mon ouverture d'esprit, si c'est le seul moyen de rester près de toi.

Un seul doute le retenait encore.

— Tu n'es pas une sorcière méchante, dis-moi ?

— Dorothy n'aurait rien à craindre de moi, répondit-elle dans un murmure, posant sa tête contre son épaule.

Ce soir-là, la tempête se calma, avant d'avoir réellement commencé. L'éclat redouté par Gwenaëlle, qui avait envoyé Malène se calfeutrer chez elle, n'eut pas lieu. Un changement s'inscrivait pourtant dans la perspective.

L'angoisse de la petite s'était propagée à sa mère. Hélène n'avait pas mis longtemps à lier l'agitation de sa fille au décès du Mathieu. Donc à Gwenaëlle. Elle commençait cependant à croire qu'elle n'était peut-être pas si mauvaise qu'on le disait.

Gwenaëlle avait reconnu et accepté sa nature de sorcière. Mais le vent lui avait murmuré que ses dons seraient insuffisants pour ce qui allait suivre. Elle aussi allait devoir apprendre.

Chaque sorcière morte avait vécu neuf fois. Mais cet état de fait allait changer. La malédiction était la même, mais les pouvoirs seraient autres.

Dès ce soir-là, la vie de l'île s'inscrivit dans un nouveau cycle, même si peu s'en aperçurent sur le moment. Les flocons de neige en constituèrent le signe liminaire.

Les premiers étaient tachés de sang.

DEUXIÈME PARTIE

Chapitre 14

Le jour suivant, Gwenaëlle commença d'affiner sa puissance. Maël vint en visite, salua brièvement Lisette, chaque jour plus morose, qui lui indiqua la direction prise par Gwenaëlle. Il ne s'attarda pas dans la maison.

Il la trouva qui observait la mer, non loin de l'endroit où elle récoltait la gelée de sel. Il s'accroupit pour la contempler. Gwenaëlle devenait partie de cette nature dans laquelle elle avait toujours évolué.

Elle leva le bras, le tendit devant elle. Ses doigts atteignirent l'horizon. Maël sourit quand elle les remua, puis la main, puis tout le bras et que les vagues, qui la prolongeaient, reproduisirent les mêmes arabesques, obéissant à la moindre de ses inflexions. Elle se retourna alors pour le saluer, et un pan entier de mer se dressa pour l'imiter.

Il se précipita à sa rencontre avant de réaliser ce qu'il venait de voir, tandis qu'elle riait, libérée. Elle découvrait pour la première fois ce dont elle était capable. Une mémoire ancestrale se réveillait en elle, lui rappelait les mots et les gestes de ses

Le Secret du vent

pouvoirs. Maël le comprenait seulement : la magie de Gwenaëlle était bien réelle. Il la serra dans ses bras avec plus de crainte que de soulagement, se demandant s'il ne s'était pas montré trop confiant dans ses capacités la veille au soir... peut-être parce que, même alors, il n'avait pas réellement cru en ses pouvoirs. Il se refusa pourtant à contraindre l'exaltation qui illuminait les traits de Gwenaëlle.

Elle était venue dès l'aube s'exercer dans la crique. Elle assouplit un rocher pour en faire un siège confortable sur lequel il s'installa : elle tenait à lui présenter un échantillon de ses talents. En quelques minutes, elle redessina les nuages, fit pivoter et danser tous les éléments présents autour d'elle qui lui obéissaient, asservis à sa volonté. D'un souffle, elle colora le ciel de roses et de pourpres qui s'effilochaient dès qu'elle se détournait. Elle œuvrait avec une telle facilité que Maël n'osait la distraire de crainte qu'un roc alors ne s'égare et ne s'écrase sur lui. C'était plus que de la manipulation. Des corps se déplaçaient alors même que la détermination la plus farouche n'aurait dû les contraindre.

Quand Gwenaëlle se retourna vers lui, en quête d'applaudissements pour le spectacle qu'elle venait de lui offrir, il s'attendit presque à ce que ses mains se rejoignent et claquent sans qu'il puisse les en empêcher.

– Alors, qu'en penses-tu ?
– C'est difficile de trouver les mots...

Il se leva et le rocher, derrière lui, reprit sa forme et sa consistance initiales.

– C'est impressionnant, Gwenaëlle, vraiment... Je ne m'attendais pas à... Je ne sais pas comment tu arrives à faire bouger toutes ces choses.

Gwenaëlle fronça les sourcils.

– Ce n'est pas tout à fait ça, je crois. Je ne les fais pas bouger. Je le leur demande. C'est différent. Elles ne se déplaceraient pas d'un millimètre, si elles ne le voulaient pas.

– Tu ne vas quand même pas me dire que tu parles la langue de... des... de tout ça !

Son geste engloba tout ce qui était visible depuis leur position.

– Non. Ce n'est pas une question de langage. Ce n'est pas aussi prosaïque. Tout se passe à un niveau différent. Tu ne peux pas comprendre, évidemment, tu n'es pas comme moi. Ce n'est pas grave. C'est beau, tu ne trouves pas ?

Avant d'acquiescer, et malgré l'exclusion qu'elle avait formulée, il tenait à une dernière vérification.

– Tu ne peux pas agir comme ça avec des êtres humains, si ?

Elle ne comprit pas. Ou fit semblant.

Il insista :

– Si tu agites le petit doigt en me regardant, je ne vais pas commencer à faire des pirouettes ou d'autres acrobaties ?

– Mais non, gros bêta, sauf si tu en as envie !

Elle remua les doigts devant son visage, moqueuse.

– Dis-le-moi, si tu veux devenir un artiste...

Le Secret du vent

Ils repartirent ensemble vers sa maison. Elle l'avait quittée au petit matin sans prendre le temps de manger, lui dit-elle, et son appétit se réveillait. Elle rêvait tout haut de crêpes épaisses comme des coussins et il ne doutait pas qu'elle les réussirait en un tour de main.

En chemin, elle lui relata ses expériences matinales. Il lui avait fallu s'entraîner avant de passer du vol d'une brindille au maniement des marées. Quant aux nuages, elle ignorait encore si c'étaient eux qui bougeaient ou le vent qu'elle contrôlait. Un peu des deux, supposait-elle.

Maël s'appliquait pour la comprendre, tout en sachant la partie perdue d'avance : ils étaient différents. Lui n'était pas un sorcier. Quelles que soient les transformations que Gwenaëlle était capable d'opérer, cette différence persisterait. Il était pourtant loin de le regretter. Son refus d'accepter la magie faisait place, peu à peu, à l'émerveillement. Il tenait absolument à assister à la suite du spectacle.

Lorsqu'elle arriva chez elle, Gwenaëlle comprit qu'elle devrait patienter avant de pouvoir déguster son petit déjeuner. Lisette l'attendait dans la cuisine, recroquevillée sur une chaise à laquelle elle s'accrochait. Son visage était pâle, ses traits contractés. Elle mordait une cuillère de bois pour retenir ses cris, les cheveux collés à la nuque par la sueur. Le long de sa jambe descendaient jusqu'au sol de larges dépôts de sang noirâtre.

Gwenaëlle retrouva immédiatement ses réflexes professionnels. Maël l'aida à transporter Lisette jusqu'à sa chambre. Là, elle déroula ses mains le long des flancs de la jeune fille et il ne lui fallut pas longtemps pour comprendre.

– Qu'est-ce que tu as pris ?

Lisette ne pouvait répondre. Son corps se tordait de douleur et les mots s'étranglaient dans sa gorge. Des tremblements la secouaient dans les rares instants où elle parvenait à se détendre.

Impuissant, Maël demeurait en retrait, les bras ballants, n'attendant qu'un ordre de Gwenaëlle pour aider.

– Elle a avalé je ne sais quel produit abortif. Elle a essayé de se débarrasser de l'enfant. Mais il est déjà trop tard pour ça, il ne veut pas se laisser faire. Il se défend et elle risque de… Il faut que j'arrive à nettoyer son sang. Mais avant…

Elle posa une main sur le front de Lisette et de l'autre, elle la contraignit à baisser les paupières. Puis elle marmonna quelques paroles inintelligibles pour Maël et la jeune fille s'apaisa, puis s'endormit.

– Il est inutile qu'elle souffre, dit Gwenaëlle, mais je dois savoir comment va l'enfant…

Elle colla son oreille contre le ventre de la jeune fille ; Maël devina qu'elle tentait d'entendre le cœur du fœtus. Il fut surpris de la voir se redresser en sursaut, les yeux sur la peau distendue, comme si un maléfice allait en surgir.

Le Secret du vent

Sans cesser de guetter le ventre pâle, elle demanda :
— Tu as dit quelque chose ?
— Non. Que...
— Je m'en doutais, ce n'était donc pas ta voix. Et tu n'as rien entendu non plus, je suppose ?

Maël confirma. Dès cet instant, Gwenaëlle l'ignora pour se concentrer sur Lisette et le bébé à venir. Elle l'envoya chercher quelques plantes dans les pots étiquetés de sa réserve, tandis qu'elle murmurait des paroles incompréhensibles en mouvant ses mains autour du corps abandonné. Quand il revint, le sang ne suintait plus, ses traces s'évanouissaient, et Gwenaëlle paraissait à la limite de l'épuisement. Elle concocta une infusion avec les plantes, se contentant, pour faire chauffer l'eau, de tourner le bol dans sa main gauche. Elle réveilla suffisamment Lisette pour lui faire avaler le liquide, puis ils quittèrent la pièce.

Dans la cuisine, Maël entreprit de lui préparer un repas selon les méthodes traditionnelles. Il patienta le temps qu'elle commence à manger avant de l'interroger :
— Elle... elle va survivre ?
— Oui. Sans aucun doute.
— Et l'enfant qu'elle porte ?

Gwenaëlle hésita une fraction de seconde avant de mordre dans le pain perdu qu'il lui avait servi.
— L'enfant aussi.
— Tu as l'air bien sûre de toi...
— Je le sais, c'est tout. Je suis une guérisseuse et j'ai fait ce qu'il fallait.

– Tu peux être plus précise ?

Elle contempla un instant la tranche entamée, sans y lire apparemment de réponse satisfaisante.

– Je ne crois pas, non. Quand je soigne, je ne réfléchis pas à mes actes. J'agis et les gens sont guéris.

Maël se releva pour laver le peu de vaisselle qu'il avait utilisée. Il attendit de tourner complètement le dos à Gwenaëlle avant de poser une autre question qui l'inquiétait :

– Qu'est-ce que tu as entendu, exactement ?

– Pardon ?

– Quand tu as écouté l'enfant. Tu as été surprise. C'était quoi ?

– Rien. Un effet de mon imagination. Je dois être plus fatiguée que je ne le pensais, et mon esprit me joue des tours.

Son ton était si las, en effet, que Maël n'insista pas. Il accepta de rester au chevet de la jeune fille pour la veiller, promettant à Gwenaëlle de la prévenir du moindre changement. Elle alla se reposer. Il la vit rejoindre sa chambre d'un pas vidé de toute énergie et il souhaita fortement que l'état de Lisette ne s'aggrave pas pour ne pas devoir la réveiller. Ses soins devaient être efficaces, car la jeune fille dormit d'un sommeil tranquille tout le temps nécessaire à son rétablissement.

Maël s'assoupit à son chevet et rêva d'un voyage dont il devait longtemps se souvenir. Il était un oiseau et la mer une étendue dangereuse vers laquelle il descendait en pointes vertigineuses. Éclaboussé d'écume, il se séchait au vent.

Le Secret du vent

Une île apparut soudain, élévation de terre isolée et minuscule. Son île. Le soir tombait à mesure qu'il s'en rapprochait et la nuit envahit l'espace d'une côte à l'autre juste avant qu'il ne l'atteigne. Il savait que cette obscurité recelait un danger. Il s'approchait des fenêtres encore éclairées pour s'enfuir aussi vite, ayant tout juste eu le temps d'apercevoir les visages de ses voisins. Il pouvait mettre un nom sur chacun d'eux et pourtant, il ne les reconnaissait pas. Ils portaient tous un masque. Un masque de haine et de colère. Ils étaient assis, jambes croisées, face aux portes d'entrée de leurs maisons. Leurs traits étaient contractés, leurs regards éteints. Ils ne voyaient pas les lumières qui brillaient en vain derrière eux, ni les tables dressées. Ils guettaient leur porte dans une patience glacée ; patience qui s'insinuait en lui, alors que son vol devenait de plus en plus hésitant. Son espoir résidait dans une seule habitation : celle de Gwenaëlle, dont il ne s'était pas encore approché. La lumière qui en provenait lui était déjà plus chaleureuse. Il sentait son cœur se réchauffer et aurait voulu arriver plus vite.

Épuisé, il se posa enfin sur le rebord de la fenêtre. Gwenaëlle chantait tout en cuisinant. Elle était si gaie, plus réelle que toutes les faces de cauchemar qu'abritaient les autres maisons de l'île. Il allait la rejoindre, il frapperait au carreau et elle lui ouvrirait, l'accueillerait…

Lisette se tenait debout dans l'embrasure de la porte. Elle fixait Gwenaëlle avec le même regard que tous les îliens, un regard chargé de haine. Il sentait la tension émaner d'elle en tentacules qui remplissaient peu à peu tout l'espace. Il les voyait presque. Elles allaient bientôt se regrouper et atteindre Gwenaëlle. Lisette se tourna à cet instant vers la fenêtre et le vit. Elle ne s'étonna pas de sa présence, releva simplement les lèvres sur ses dents en ce qui aurait pu passer pour un sourire dans d'autres circonstances.

Il se réveilla en hurlant.

Gwenaëlle entra précipitamment dans la chambre. Lisette dormait toujours. La maison était si calme en ce début d'après-midi que Maël se sentit ridicule. Il ne confia pas son rêve à Gwenaëlle, même s'il ressentait encore ce filet glacé le long de sa colonne vertébrale.

Il préféra rentrer chez lui. Il devait travailler de temps en temps, s'il voulait justifier l'étude qui avait servi de prétexte à son retour. Il y avait longtemps déjà qu'elle n'était plus au centre de ses préoccupations et lui servait simplement d'excuse quand il désirait s'esquiver.

Gwenaëlle n'était pas dupe, il le savait. Elle le laissa cependant partir.

Chapitre 15

Malène tournait en rond. Elle voulait se rendre utile, mais empiétait continuellement sur le passage de sa mère. Hélène ne pouvait terminer une tâche sans qu'elle ne s'interpose pour l'aider. Ses initiatives n'étaient pas des plus réussies : elle fit déborder le lait, manqua de brûler la chemise qu'elle repassait, renversa le seau d'eau sale sur le sol après l'avoir nettoyé. Sans vouloir se débarrasser d'elle, sa mère aurait été plus tranquille sans l'avoir dans les pieds. Elle devinait que ses tourments étaient en rapport avec Gwenaëlle, mais la fillette refusait de répondre à ses questions. Elle avait décrété au matin qu'elle ne voulait plus continuer ses leçons. Hélène, qui croyait avoir attendu ce moment, se rendit compte que ce n'était pas le cas. Pour se soulager un peu de sa présence butée, elle l'envoya à l'épicerie faire quelques courses.

Le Secret du vent

Malène trouva Mariette et Gaspard devant la boutique et discuta un moment avec eux. Ils s'obstinaient à demeurer à l'extérieur en dépit de la bise glaciale, la mer qui s'écrasait contre le port et les éclaboussait. Et malgré les regards inquiets que leur lançait Juliette depuis l'intérieur.

Malène s'amusa un peu de la scène, qui se répétait chaque jour de chaque hiver, depuis qu'elle était en mesure de s'en souvenir. Elle savait que le froid se confrontait à de rudes adversaires avec ces deux vieillards, consommateurs assidus de la gelée de sel de Gwenaëlle. Elle se morigéna de penser à elle ; elle ne voulait plus de cette complicité avec celle qu'elle était bien déterminée à appeler désormais « la sorcière ».

Pourtant, quand Mariette appela sa fille d'une voix faible et angoissée, son animosité s'évanouit d'un coup. Gaspard avait glissé de sa chaise, renversée à côté de lui. Il était devenu très pâle, lui dont le visage était pourtant tanné par l'air marin ; il crispait sa main sur sa gorge, cherchait une respiration qui ne lui parvenait plus.

Malène eut alors l'impression que Juliette et elle se précipitaient vers lui au ralenti. Mariette était debout, contemplant son compagnon sans oser le toucher, sans savoir comment l'aider. Elle était presque aussi pâle que lui, transie, incapable d'une réaction. Elles ne pouvaient rien faire, pas même rentrer Gaspard à l'intérieur. Juliette ordonna enfin à Malène d'aller chercher Gwenaëlle. Malène faillit refuser, mais un coup d'œil au corps prostré de Gaspard la convainquit mieux que n'importe quel discours.

Elle partit en courant.

Gwenaëlle croisa Malène en chemin. Avertie par un pressentiment, elle se dirigeait déjà vers la ville. La petite fille la guida, tout en lui relatant le peu qu'elle avait diagnostiqué de l'attaque de Gaspard. Gwenaëlle hochait la tête sans lui répondre, tout entière concentrée sur ce qui l'attendait.

Juste avant d'atteindre l'épicerie, devant laquelle les badauds se pressaient déjà, Malène l'arrêta et lui demanda d'une petite voix tendue :

– Tu vas le sauver, dis ?

Gwenaëlle posa sur elle le regard qu'elle réservait aux malades, quand ils quémandaient l'assurance qu'ils allaient guérir. Elle était déjà auprès de son patient en pensée, mais pas seulement. À sa manière, Malène aussi avait besoin d'elle.

– Je ferai ce qui doit être fait. Et tu m'y aideras.

Une évidence qui ne supposait aucune discussion.

Gwenaëlle put effectivement apporter à Gaspard les soins adéquats, efficacement secondée par Malène.

Le Secret du vent

Toutes les femmes présentes notèrent leur complémentarité parfaite. Gwenaëlle n'avait pas besoin de demander, Malène anticipait ses exigences.

Si toutes en furent étonnées, certaines s'alarmèrent de cette complicité. Deux, surtout, en furent particulièrement mécontentes : Bénédicte et sa mère. Elles entraînèrent dans leur sillage les médisantes : Malène avait été contaminée et cela, elles ne pouvaient le supporter. Elles voulaient bien tolérer Gwenaëlle, mais n'accepteraient certainement pas qu'elle pervertisse leurs enfants !

Un peu plus tard, ce jour-là, elles se répartirent en délégations et frappèrent à toutes les portes, persuadées d'être investies d'une mission : convaincre les habitants de l'île que Gwenaëlle, incarnation du mal, devait être éliminée.

Les voisines d'Hélène lui enjoignirent ainsi de sauver l'esprit de son enfant tant qu'il en était encore temps. Leur discours de fanatiques ne l'impressionna pas démesurément. Sans tout lui raconter, Malène s'était un peu confiée à elle. Elle lui avait expliqué que, si Gwenaëlle était effectivement une sorcière, elle-même ne pourrait jamais en devenir une. Les réticences d'Hélène s'étaient alors peu à peu évaporées. Elle avait appris à connaître Gwenaëlle au travers de sa fille. Surtout, elle appréciait les bienfaits que Malène apportait à leur foyer depuis le début de son apprentissage. Elle soignait les petits maux de la maisonnée, savait leur apporter une détente bienvenue, le soir, en mêlant quelques herbes à la flambée. C'étaient de petites choses, de petits actes, mais elle était reconnaissante pour chacun, et elle n'allait pas laisser quelques bigotes acariâtres lui gâcher ses journées ! Elle leur offrit à boire, un peu de far de la veille, et les mit dehors sans leur avoir rien promis. Ces femmes, pourtant, n'avaient pas totalement tort. Elle devait bien reconnaître que Gwenaëlle l'influençait déjà, indirectement.

La démarche de Bénédicte ne fut pas plus couronnée de succès. Elle alla chez Maël. Il l'invita à entrer dans le salon, lequel n'avait pas été chauffé depuis le début de l'hiver : dans sa mémoire, ce lieu avait toujours été réservé aux invités et il n'en avait pas reçu beaucoup depuis son retour. Le jeune homme s'escrima à allumer le poêle à bois, tandis que le sourire de Bénédicte se refroidissait.

— Ta petite amie n'aurait qu'à claquer des doigts pour que ce bois brûle jusqu'à demain.

— Ce n'est pas ma petite amie. J'avoue pourtant que je posséderais volontiers ce don-là. Et…

Il se releva, frotta ses mains salies sur son pantalon. Une petite flamme courait sur les branchettes, dans la cheminée.

— Tu n'es pas obligée de prendre un ton… si rempli de fiel. Ce n'est pas très joli et il ne te convient pas.

Il la regardait avec amitié et parut surpris de sa réponse brusque.

— Je prends le ton que je veux ! Sais-tu seulement ce que… cette fille a fait aujourd'hui ?

— Je suppose que tu parles de Gwenaëlle. Tu veux boire quelque chose ? Non ? Bon, dis-moi quel acte horrible elle a accompli.

Le Secret du vent

Il la fixait, le sourcil amusé, ce qui ne contribua pas à la calmer. Elle pâlit de colère sous le maquillage qu'elle s'était appliquée à composer pour le rencontrer.

– Tu n'as pas entendu parler de l'accident de Gaspard ?

– Si. Et Gwenaëlle l'a soigné. Si elle n'était pas intervenue, il serait sans doute mort.

– Qui est-elle pour décider qui doit vivre ou mourir ? Peut-être qu'il était temps pour lui, ce vieux bonhomme, de céder sa place.

– Bénédicte !

Elle comprit qu'elle était allée trop loin et se ressaisit. Le feu s'essoufflait et Maël s'y activa de nouveau, après un dernier regard courroucé à son intention.

– Peu importe. Si je suis venue, c'est pour te parler de cette petite…

– Malène ?

– Oui, Malène. Elle est toujours fourrée avec cette sorcière. Ce n'est pas sain. Elle va détruire la pureté de nos enfants. Il faut l'éloigner de l'île. On a besoin de toi pour ça. Tu la connais bien. Tu dois nous aider à nous débarrasser d'elle.

Maël avait abandonné le feu pour l'écouter et ses yeux s'écarquillaient au fur et à mesure de son discours. Il la prit par les épaules, laissant une trace de cendre sur son gilet clair.

– Bénédicte, ce n'est pas toi, ça… Tu te rends compte de ce que tu dis ? Gwenaëlle n'a jamais causé le moindre mal à personne.

Mélanie De Coster

– C'est ce qu'elle voudrait nous faire croire. Mais elle a tué ma sœur, non ?

– Ce n'est pas vrai. Et elle m'a sauvé la vie.

Bénédicte se dégagea, lentement mais fermement. Elle braquait son regard sur lui, dans un mélange de pitié et de haine.

– Elle t'a ensorcelé, plutôt ! Elle provoque des accidents pour ensuite guérir les gens et les placer sous sa coupe. En tout cas, moi, elle ne me touchera pas !

Bénédicte remit son manteau. Elle se tenait à distance de Maël.

– Je suis vraiment désolée pour toi, Maël. Mais ne t'inquiète pas, je vais faire ce qu'il faut pour te sauver. Tu vas bientôt récupérer tes esprits.

Maël tenta de la retenir, mais elle s'écarta brusquement, une note d'hystérie dans la voix :

– Ne me touche pas ! Excuse-moi, c'est que…

Elle lui caressa presque la joue, arrêta sa main à deux centimètres de son visage.

– Bientôt, tu ne seras plus sous son emprise, je te le promets. Tout ira mieux, alors, tu verras… En attendant, il est préférable qu'on n'ait pas trop de contact.

Elle sortit sans un au revoir. Maël ne s'inquiéta pas de ses propos. Il croyait Gwenaëlle assez forte pour se défendre toute seule.

La légende disait pourtant que les sorcières n'avaient jamais pu se sauver elles-mêmes. Gwenaëlle ne vivrait que si elle n'aimait pas. Or elle luttait, depuis son retour. Mais qui pouvait résister à

Le Secret du vent

l'amour ? Quoi que sa raison lui impose, son destin était scellé depuis leur première rencontre. Même s'ils faisaient tous les deux semblant de l'ignorer.

Mélanie De Coster

Chapitre 16

La grossesse de Lisette se poursuivait, difficilement. Gwenaëlle devait de plus en plus souvent lui administrer des soins particuliers. Elle allait jusqu'aux limites de ce qui n'avait jamais pu être fait pour une femme enceinte et devait même parfois les dépasser. Elle inventait de nouvelles méthodes, de nouvelles voies, afin de maintenir en vie l'enfant et la mère. Elle n'aurait pu expliquer ce qui guidait sa main et ses paroles. Elle puisait au plus profond d'elle-même l'instinct qui commandait ses décisions. Cette grossesse était différente de toutes celles qu'elle avait connues. Elle doutait qu'aucun individu ait pu un jour être confronté aux mêmes particularités.

L'enfant n'était pas humain, mais Gwenaëlle s'était bien gardée de l'annoncer à Lisette. Il communiquait avec elle. C'était un garçon. Il lui avait parlé la première fois le jour où elle avait dû endormir Lisette. Il se nourrissait des forces

de sa mère. Cette dernière dépérissait, malgré les attentions de Gwenaëlle. Il n'était pas prévu que la jeune femme survive à son accouchement. L'enfant, à peine formé, en était déjà conscient.

Gwenaëlle aurait voulu en savoir plus, mais elle pressentait que leurs dialogues demandaient au bambin une énergie qu'il volait à Lisette. De jour en jour, pourtant, il lui apprenait sa vie. Elle avait déjà deviné que le père n'était pas seulement un marin en goguette qui avait profité de Lisette. Il n'y avait pas de hasard. Il n'y en a jamais quand il est question de sortilèges.

Elle se garda pourtant de révéler à Maël ce qu'elle avait découvert. Ses efforts pour accepter sa différence étaient déjà si grands qu'elle ne voulait pas en abuser. Elle était tellement préoccupée de cette grossesse singulière qu'elle ignorait la cabale qui se montait contre elle. L'aurait-elle connue, qu'elle l'aurait négligée de la même manière.

Elle avait l'habitude d'être rejetée ; elle ne pouvait deviner que la colère des îliennes abordait une nouvelle étape. Alimentée par Bénédicte, la haine grondait dans les maisons. Cette femme avait fréquenté le continent, toutes l'en considéraient comme plus sensée. Ses propos avaient plus d'impact sur elles que tous ceux que sa mère aurait pu prononcer. Dépitée malgré elle de la préférence qu'affichait Maël, elle ne se privait pas de ressasser en public son ressentiment.

Charlie, le facteur, essaya de les prévenir. En vain. Ni Maël ni Gwenaëlle n'écoutèrent ses avertissements. Hélène tenta aussi d'avertir

Mélanie De Coster

Gwenaëlle de ce qui se tramait. Chaque jour, Malène devait lui transmettre des messages, innocents en apparence. En vain encore. Ils étaient au cœur de la tourmente et ne la devinaient pas.

Entre-temps, la nature, ou ce qui en tenait lieu sur l'île, plaçait ses jalons. Les premiers flocons… La neige, chaque matin, entre le dernier rayon de lune et le premier de soleil, se colorait de sang. La mer, de jour en jour plus violente, égarait des bateaux qui ne rentraient plus au port. Des épouses guettaient chaque jour leur retour le long de la jetée. Mais contrairement aux habitudes anciennes, aucune n'alla consulter Gwenaëlle. Elles se méfiaient d'elle, ou préféraient ne pas savoir. Bénédicte et sa mère n'eurent aucune peine à les convaincre que seule la sorcière était à l'origine de leur malheur.

Des animaux, comme nés des tempêtes, envahissaient les sentiers la nuit. Les îliens les entendaient hurler, glapir, sans jamais les affronter pourtant. Aucun d'eux ne les avait vus, seuls les anciens reconnaissaient leurs cris. Ils ressemblaient étrangement à ceux qui avaient accompagné le décès de la précédente sorcière. Nul homme n'osait encore prononcer le mot, mais plus aucun ne doutait de la véritable nature de Gwenaëlle.

Chaque soir, une embarcation de plus manquait à l'appel. L'hiver s'éternisait, invité malappris. Les liaisons avec le continent s'espaçaient. Les rayons de l'épicerie étaient presque vides. Les mères les plus inquiètes retenaient leurs enfants près d'elles. Mais ceci n'était que le début. Que le début…

Le Secret du vent

Malène allait, pauvre innocente, en payer le tribut. Elle avait redonné sa confiance à Gwenaëlle, l'assistait de nouveau dans les soins. Hélène l'envoyait de plus en plus fréquemment dans la petite maison du bout de l'île, surtout pour l'éloigner de son propre domicile.

Les hommes, confinés à terre par les tempêtes et voyant leurs camarades disparaître en mer les uns après les autres, exprimaient un désespoir bruyant. Les bouteilles de vieil alcool qui avaient résisté aux veillées hivernales se vidaient trop vite. Il n'y avait plus de filets à réparer depuis longtemps, ni de bateaux à calfeutrer. Ils tournaient en rond, s'énervaient mutuellement. Hélène voulait protéger Malène, refusant pourtant de voir le danger qui imprégnait peu à peu chaque parcelle de l'île.

La fillette, qui atteignait chaque jour un peu plus la frontière entre les communes habitudes et la magie, savait mieux que nul autre ce qui se dissimulait à la jonction de ces deux mondes. Elle avait compris, sans que Gwenaëlle ne lui en parle, que la grossesse de Lisette était particulière. Elle ne partageait pas les soucis de la sorcière, mais veillait comme elle sur la jeune fille.

Un matin qu'elle traversait le village pour rejoindre la maisonnette, alors que les rues étaient encore silencieuses, elle distingua une brume étrange autour de chez Maël. Une lumière lointaine brillait depuis la fenêtre de rez-de-chaussée, à travers la vapeur, d'une épaisseur qui confinait à la solidité.

Mélanie De Coster

Elle constituait comme une aura argentée autour de la maison, presque un reflet de lune qui se serait attardé. Sauf que le soleil s'était déjà levé.

La brume cernait entièrement l'habitation. Juste l'habitation. Aucune trace sur le trottoir d'en face, de même qu'autour des demeures environnantes.

Le sentiment d'oppression que Malène avait éprouvé de prime abord devant ce phénomène s'évanouit rapidement. La brume n'était pas malsaine, ni animée, pour autant qu'un nuage puisse l'être, d'intention, encore moins mauvaise. Plus elle se rapprochait de chez Maël, plus elle se sentait rassérénée au contraire. La condensation de sa respiration se fondait dans le brouillard opaque. Elle en distinguait pourtant le filet qui s'élevait, filet plus clair, jusqu'au sommet de la maison, avant de disparaître dans l'air. Du bout de ses doigts gantés, elle effleura le nuage. Elle ne rencontra aucune opposition, ressentit du bien-être, comme si nul danger ne pouvait advenir.

Une femme, de l'autre côté de la rue, pointa un nez fureteur par la fenêtre.

– Tu ferais mieux de rentrer chez toi, petite, plutôt que de t'attarder ainsi devant la maison des gens. Surtout de n'importe quels gens !

Elle ponctua sa phrase en faisant claquer ses volets. Elle n'avait pas vu la brume, et, surtout, elle n'avait pas reconnu Malène.

Cette dernière n'hésita qu'une seconde avant d'ouvrir le petit sac qu'elle emportait partout avec elle, et qui lui servait à transporter ses découvertes diverses. Gwenaëlle l'avait fourni pour ce faire en

flacons hermétiques. Elle en conservait perpétuellement un ou deux de vide avec elle, au cas où. D'une main fébrile, elle fit tourner le couvercle du bocal de verre et y fit entrer une épaisse poignée de brume. Elle ne sentait pas sa matérialité, mais sa lueur, bien qu'un peu affadie, continuait à briller au travers des parois translucides. Quand ce fut fait, elle partit aussi vite qu'elle le put vers la maison de Gwenaëlle. Elle voulait lui donner à examiner ce qu'elle avait déniché.

Gwenaëlle n'était pas chez elle. Lisette oui. Ainsi que l'enfant qu'elle portait. L'enfant ou toute autre entité hostile au contenu du pot de verre.

Malène avait à peine fait quelques pas à l'intérieur de la maison que la porte claqua violemment derrière elle. Il n'y avait pourtant pas un souffle de vent, et l'air alourdi était pénible à respirer. Elle comprit vite que l'atmosphère contenait ce trop-plein de malsain qui pousse en un instant à regretter la plus juste de ses impulsions.

Lisette se dressait face à elle ; elle avait descendu l'escalier d'un trait, à peine retenue au plancher par la pointe de ses orteils décharnés. Ses traits étaient tirés. Ses yeux, blancs et élargis, la fixaient, mais ce n'était pas Lisette qui la regardait.

– Qu'apportes-tu là, enfant ?

Mélanie De Coster

C'était la voix de Lisette, sans l'être. Elle était plus grave, et semblait, pour sortir, déchirer la cage thoracique de la jeune femme. Elle était aussi empreinte d'un soupçon de menace encore contenue.

Malène fit passer machinalement le sac et le bocal dans son dos.

– Rien qui pourrait vous intéresser, répondit-elle. Je vais sortir maintenant. J'ai à faire dehors.

Elle en avait suffisamment vu, depuis les derniers mois, pour ne pas paniquer et avait répondu d'une voix calme, en apparence du moins :

– Non ! Tu n'aurais pas dû apporter ça. Tu es dangereuse, petite. Je suis désolée pour toi…

Lisette s'approcha et Malène recula d'autant, laissant s'échapper le bocal qui tomba par terre. Il était solide, conçu pour résister aux chocs sur les chemins. Il roula sous une armoire, hors de portée.

Lisette leva une main, raide, et Malène s'éleva à quelques centimètres du sol, tremblante. Elle aperçut Gwenaëlle et Maël qui les observaient, impuissants, par la fenêtre de la cuisine. La sorcière était pâle ; elle avait l'air désemparée. La porte ne s'ouvrait pas ; aucune de ses incantations ne franchissait les murs. Elle ne pouvait qu'assister à la scène, sans possibilité de l'aider. À quelques minutes près, elles auraient pu se croiser sur le chemin. Mais Malène cessa bientôt de s'en inquiéter.

Elle continuait à s'élever, tandis que Lisette était secouée d'un rire convulsif, maladif, et bientôt elle fut écrasée contre le plafond par une force surnaturelle. Il lui semblait que ses muscles

Le Secret du vent

s'attelaient à une impossible ascension, tandis que son squelette se tordait, à la recherche d'une fissure dans le plafond, où il pourrait se faufiler pour moins souffrir.

Dans un dernier éclat de rire, un peu plus aigu peut-être, Lisette, ou ce qui avait pris possession d'elle, la relâcha et Malène retomba. Une chute qui s'étira aussi longtemps qu'avait duré la montée. Elle eut juste le temps de penser que c'était encore trop rapide, qu'elle aurait voulu en savoir plus, avant de mourir. Elle atterrit sur le plancher poli et sa chair, sous la pression, s'affaissa avant de reprendre son volume. La dernière chose qu'elle sentit fut le filet de sang qui s'échappait de son crâne.

Chapitre 17

Tous les habitants de la petite ville avaient assisté à l'enterrement. Le petit cercueil de bois clair était descendu entre les pans de terre gelés. Il n'y avait rien eu à faire. Gwenaëlle n'avait pas pu intervenir. Elle était venue, elle aussi, mais s'était tenue à l'écart de la foule. Par choix, mais pas seulement. Ils étaient nombreux à l'accuser de ce qui était arrivé. Malène était morte dans sa maison, et ni Maël ni elle n'avaient pu expliquer comment la petite fille s'y était fracassé la nuque. Il y aurait une enquête, bien sûr, il y avait déjà eu beaucoup de questions. Son résultat ne ferait pourtant aucune différence, les îliens l'avaient déjà jugée.

La famille d'Hélène était venue du continent pour la soutenir. Tout un chœur de femmes qui l'entourait, prêtes à accompagner ses lamentations. Hélène se dégagea néanmoins du petit groupe pour rejoindre Gwenaëlle qui s'éloignait discrètement. Elle la rattrapa à la sortie du cimetière.

– Attends, ne pars pas si vite…

Gwenaëlle risqua un coup d'œil autour d'elles. La plupart des commères de l'île les épiaient, l'air mauvais. Elle n'était pas la bienvenue.

– Je crois qu'il vaut mieux. Hélène… Je suis vraiment désolée. Ça n'aurait jamais dû se produire.

Elle cherchait ses mots ; elle voulait présenter ses excuses, sans toutefois pouvoir s'exprimer librement. Hélène l'arrêta, posant juste la main sur son bras, ignorant délibérément le murmure qui s'élevait derrière elles.

– Ce n'est pas ta faute, Gwenaëlle, j'en suis persuadée. Je sais que… que si tu avais pu la sauver…

Elle retint un sanglot.

– Je ne t'en veux pas. Tu as fait beaucoup de bien à Malène tant que… tant qu'elle était là.

Elle la serra dans ses bras pour lui chuchoter une dernière phrase, avant de retrouver sa famille et tous ceux qui allaient défiler chez elle pour lui présenter leurs condoléances :

– Fais bien attention à toi !

Gwenaëlle et Maël repartirent ensemble vers la petite maison qui leur semblait nettement moins chaleureuse depuis quelques jours. Fatiguée, Lisette n'avait pu se rendre à l'enterrement. Elle évitait Gwenaëlle autant qu'il lui était possible de le faire, dans l'espace exigu qu'elles partageaient : elle aussi la jugeait coupable. Elle ne se souvenait de rien. Seuls Maël et Gwenaëlle savaient, mais ils n'en avaient pas encore parlé.

Gwenaëlle se renfermait sur elle-même, et Maël n'arrivait pas à percer ses défenses. Juste avant d'entrer chez elle, Gwenaëlle changea d'avis et entraîna Maël vers le pré aux Sorcières, lieu de toutes les révélations. Elle s'accroupit tout à côté du cairn, le caressa d'une main amie. Prudent, le jeune homme restait à distance. Les cheveux de Gwenaëlle encadraient son visage torturé ; pas un souffle de vent n'osait y jouer.

– Je ne savais pas que ça pouvait se produire.
– Gwenaëlle… Ce n'est…
– Pas ma faute ? C'est ce que tu allais dire ?
Elle se releva et se tourna vers lui.
– À quoi me sert d'être une sorcière si je ne suis même pas capable de protéger ceux que j'aime ! D'abord mon père, maintenant Malène. Tu risques d'être le prochain, tu sais ?
– Ne t'inquiète pas pour ça… Tu ne peux pas sauver tout le monde, Gwenaëlle.
– Tu ne m'en veux pas, même la mère de Malène m'a pardonné, ce qui serait totalement impossible si elle n'était pas en état de choc. Moi, je ne peux pas. Je ne dois pas avoir autant de bonté d'âme que vous.

Il l'enlaça pour la consoler. Sa main droite s'attarda à la jonction de sa nuque et de ses épaules, la caressant du bout du pouce.

– L'enfant n'est pas normal, Maël… L'enfant de Lisette. Son père n'était pas un humain, j'en suis persuadée. L'enfant me parle. Mais il ne me dit pas tout. Parce qu'il ne sait pas, ou parce qu'il ne veut pas, je l'ignore.

Elle essuya une larme.

– Il a tué Malène parce qu'il la considérait comme un danger pour lui. Il lit dans les sentiments de Lisette, forcément, et il a compris que la présence de la petite chez moi ne plaisait pas à tout le monde, sur l'île. Alors il a résolu le problème à sa façon.

À contrecœur, elle se sépara des bras protecteurs de Maël.

– Il faut retrouver son père. En apprendre plus sur lui. Ensuite, je devrais décider si… si cet enfant a le droit de vivre ou non. Je n'ai jamais tué personne, mais s'il constitue un risque pour l'île et ses habitants…

Elle inspira profondément pour se donner le courage de continuer.

– Le père est sur le continent. Il faut le retrouver. Il faut commencer les recherches par la ville où vit la sœur de Lisette. C'est là qu'elle l'a rencontré. Je ne peux deviner combien de temps il nous faudra.

En disant ces mots, sa voix faiblissait.

– Gwenaëlle, tu ne peux pas quitter l'île.

– Je sais…

Elle plongea son regard dans le sien et lui demanda de partir à sa place. Elle reconnaissait qu'elle ne pouvait effectivement pas quitter l'île, son destin l'y avait placée. Les sorcières ont des devoirs qui les obligent plus que l'ensemble des mortels.

Mélanie De Coster

Maël accepta. Il était inquiet de la laisser seule plus que de la rencontre qui l'attendait, mais il ne voulait pas la décevoir. Surtout, il avait vu Malène mourir. Il comprenait qu'une décision devait être prise.

Il partit le lendemain. Il avait eu de la chance : depuis plusieurs jours, aucun bateau n'avait pu atteindre l'île. Mais ce matin-là, la navette l'attendait quand il se présenta sur le port. Seule Mariette le vit embarquer. Elle crut qu'il s'éloignait parce que lui aussi accusait Gwenaëlle dans son cœur. La vieille femme n'était pas parfaitement certaine de son innocence, mais elle vivait sur l'île depuis longtemps, et elle était persuadée que Gwenaëlle n'aurait jamais volontairement fait de mal à quelqu'un. Elle regretta le départ de Maël. Les soutiens de la jeune femme sur l'île s'amenuisaient. Des événements que Mariette aurait préféré oublier allaient se reproduire. Son pas était pesant quand elle retourna au chevet de Gaspard, qui se rétablissait lentement.

Presque trente ans plus tôt… Le ciel était noir en plein jour, les pas résonnaient sourdement dans les rues désertées. Les femmes marchaient, la haine muette, vers la cabane du pêcheur. La sorcière y était ; elles l'avaient vue se fondre à la nuit pour le rejoindre. Elles étaient armées, toutes, d'objets du quotidien devenus meurtriers. La plus dangereuse portait une faucille, la plus inoffensive un rouleau à pâtisserie épointé. Sans un appel, sans s'être concertées, elles sortaient l'une après l'autre de leurs maisons pour se joindre à la meute.

Mariette savait ce qui se préparait. Elle aussi avait quitté sa cuisine. Mais c'était pour se faufiler dans l'encoignure d'une porte, deux maisons plus loin, et rejoindre Gaspard... Les hommes étaient tenus à l'écart, mais elle savait que lui voudrait protéger la sorcière. Elle avait entendu les femmes, l'envie de meurtre qui couvait sous leurs paroles. Elles ne l'avaient pas formulé, mais Mariette avait deviné : quiconque s'interposerait serait tué au même titre que la sorcière. Sans remords. Mariette était incapable de l'aider et le regrettait, mais elle pouvait empêcher Gaspard de la suivre dans la mort à cause d'une diable de femme qui l'avait ensorcelé.

Elle fit l'amour avec lui, cette nuit-là. Pour le retenir. Pour ne pas entendre les cris qui résonnaient dans l'obscurité. Pour nier la peur et l'horreur qu'ils ressentaient tous deux. Ils restèrent enlacés tout le temps de la mise à mort. Ce fut la seule et unique fois. Ils n'en reparlèrent jamais. De même que tout le village tut ce qui s'était passé. Personne, jamais, n'évoqua les faits.

La sorcière était morte. Une nouvelle était venue...

La sorcière était morte...

Chapitre 18

Maël dévisageait chaque homme qu'il croisait, dans l'espoir de reconnaître celui décrit par Lisette. Il ne possédait que peu d'éléments pour sa recherche. Un prénom, Jonas. Une description sommaire et sans doute partiale.

Lisette avait parlé d'une personne aux cheveux sombres et courts, d'un homme élancé, souple, aux mouvements rapides et précis. Il souriait peu, mais ses yeux luisaient même dans les ruelles les plus mal éclairées. Un œil noir, l'autre bleu, un regard respectivement inquiétant et doux. La peau ferme sur des muscles plus que dessinés…

Malgré son abandon, elle semblait encore sous le charme. Néanmoins, ces détails, aussi explicites soient-ils, n'avançaient guère Maël. Aussi se promenait-il sur le port, aux aguets, parmi des marins qui n'allaient pas apprécier longtemps ses allées et venues. Un léger givre s'attardait sur les dalles du quai. Il s'ajoutait au froid, à l'humidité, à la fatigue de repasser continuellement sur ses pas. La matinée s'écoulait, sans succès, et Maël boitait de plus en plus.

Il finit par glisser sur un pavé plus luisant que les autres. Une main alerte le rattrapa avant qu'il ne s'étale par terre, et l'aida à rétablir son équilibre. Maël releva la tête pour remercier celui qui venait de l'aider, et comprit immédiatement qu'il faisait face à celui qu'il cherchait depuis son arrivée. Il n'aurait su dire pourquoi, ou ce qui, dans la description de Lisette, l'avait éclairé, mais il n'avait pas le moindre doute : l'homme était bien Jonas.

Maël n'eut pas le temps de se présenter que le marin l'entraînait vers un bistrot, à quelques mètres du port. La salle était vide et le jour passait à peine par les fenêtres grises. En habitué du lieu, Jonas retourna deux chaises à côté d'une table dans le fond de la pièce. Toujours sans prononcer une parole, il leva la main pour commander deux verres à la femme qui trônait dans sa graisse et sa transpiration derrière le bar. Quelques minutes plus tard, elle leur apportait deux bières.

Jonas s'empara de la sienne, en but un tiers d'une seule traite. Malgré l'heure matinale, Maël n'osa refuser et trempa à son tour ses lèvres dans son verre. La boisson était tiède et éventée. Il se força pour avaler un peu plus qu'une gorgée. Jonas attendit que la femme s'endorme sur son tabouret, accoudée au comptoir, l'oreille collée à une radio qui diffusait en sourdine de vieilles chansons d'amour.

Alors seulement, il demanda :

– Comment va l'enfant ?

Mélanie De Coster

Pour une raison qui le dépassait, Jonas semblait le connaître, mais Maël choisit de ne pas en paraître surpris.
— Il grandit, il prend des forces…
— Et la sorcière ?
— C'est elle qui m'envoie.
— Je sais. Vous ne buvez pas ?

Jonas avait terminé sa bière. Il se saisit de celle de Maël, qui n'y avait plus goûté depuis sa première tentative. Sa nonchalance irrita le jeune homme, dont la patience n'était pas la plus grande des qualités.

— Si vous savez tout, pourquoi me posez-vous des questions ? Vous devez également savoir pourquoi je suis là… On pourrait gagner du temps.

Jonas prit le temps de boire avant de répondre. Il n'était visiblement pas pressé.

— Je ne peux pas savoir ce qui se passe près de la sorcière. Je peux juste lire un peu dans votre esprit. Ça m'aurait aidé si vous aviez bu, mais, même comme ça, j'arrive à voir l'essentiel.

Il se pencha et baissa la voix. Non par prudence, plutôt pour obliger Maël à l'écouter plus attentivement.

— Vous vous inquiétez pour la mère. Et pour votre amie. Vous pensez que l'enfant est mauvais…

Il marqua une pause, subtile, juste assez pour laisser transparaître tout son mépris.

— Et vous voulez savoir qui je suis.

Il était calme. Beaucoup plus que Maël. Les mains à plat sur la table, il l'observait sans ciller.

Le Secret du vent

La femme appuyée à la radio eut un sursaut dans son sommeil, puis se rendormit.

— Regardez…

Jonas leva la main droite et en présenta la paume à Maël. Elle était lisse de toute ligne. Elle ne comportait aucun pli, aucune trace.

Lentement, le regard de Maël revint à Jonas qui n'avait cessé de le fixer.

Un frisson le parcourut. Pour la première fois, et malgré ce qu'il avait déjà vu depuis son retour, il eut…

— Vous n'avez aucune raison de me craindre.

… *peur*.

— Je ne vous ferai aucun mal. Du moins, tant que vous ne chercherez pas à m'en faire.

Jonas recommença à boire. Maël était pourtant certain que les deux verres étaient vides quelques secondes plus tôt.

— Posez-moi vos questions, je vous répondrai.

Il nuança :

— Dans certaines limites, bien sûr.

Il eut un sourire, presque naturel ; de toute évidence, il s'amusait.

— Vous connaissez vos légendes ?

— Pardon ?

Le mépris revint.

— Vous êtes breton, non ? Vous devez connaître un minimum l'histoire de ces lieux. Vous avez déjà entendu parler de Merlin ?

— Merlin ? Oui, comme tout le monde.

— Comme tout le monde… Le problème est là !

Un instant, le regard de Jonas s'égara vers des souvenirs qu'il était seul à connaître.

– Merlin... Ce grand magicien qui se partage entre deux contrées. Son histoire d'amour, tellement sublime ! Le brave, le gentil Merlin... Foutaises !

Il frappa du poing sur la table. Les verres tressautèrent, puis se remplirent de nouveau.

– Merlin était peut-être un magicien de génie, mais une part de lui était humaine. Il était issu de la rencontre entre une humaine et rien moins que le mal en personne. Avec une telle ascendance, vous pensez vraiment qu'il était si pur que ça ?

Le ton de Jonas était devenu amer, mais Maël n'avait pas de réponse à sa question. Il s'était toujours assez peu préoccupé des légendes, quelle que soit leur origine. Il préférait l'histoire des faits aux contes de fées.

– Merlin n'était qu'un homme. Et, comme n'importe quel homme, il avait des pulsions. Le roi d'Angleterre n'était pas le seul à répandre des bâtards autour de lui. Je suis l'arrière-arrière-arrière, et j'en passe, petit-fils de Merlin.

C'était une explication. Partielle, mais c'en était une, et que Maël ne mit pas en doute. Quelle raison aurait-il eu de lui mentir ? S'il affirmait être le rejeton d'un être à la libido aussi puissante que la magie, mieux valait ne pas le contredire. Sa connaissance du monde qui l'entourait avait suffisamment été mise à mal en quelques semaines pour qu'il ne cherche plus à réfuter ceux qui professaient de nouvelles vérités étonnantes. Il avait pourtant besoin de plus d'informations. Il devait décider si l'enfant à venir était dangereux ou pas.

– Non.

– Pardon ?

– Il aura du pouvoir. Parce qu'il s'est développé à proximité d'une sorcière. C'est le seul véritable moyen que nous ayons trouvé pour protéger les dons de Merlin. Un enfant en gestation…

Jonas illustra ses propos par des formes puisées dans un peu de condensation qui s'était faite sur la table. Il recréa ce qui, même aux yeux non avertis de Maël, était clairement un fœtus.

– … s'imprègne de ce qui l'entoure. Pour vous, il s'agit essentiellement de fluides corporels, ce que la mère peut transmettre par l'alimentation, par exemple. Mais nous, les mages, même si notre sang s'est appauvri, sommes perméables à beaucoup plus. Notamment au surnaturel. L'essence de votre jeune amie et ses actes contribuent à nourrir mon fils.

– Pourquoi ne vous en occupez-vous pas vous-même ?

– Il me tuerait.

Maël s'écarta inconsciemment de la table. Le fœtus sur le bois fendu devenait inquiétant.

– Pas volontairement. Mais une entité mâle ne peut se développer qu'en présence d'un individu féminin. Une sorcière est la seule à être capable de partager ses pouvoirs avec lui sans les perdre. Parce qu'un homme ne soupçonnera jamais vraiment le pouvoir d'une femme, sorcière ou pas. Si je devais être présent lors de la naissance, l'un de nous mourrait... Mais, rassurez-vous, votre amie ne risque rien.

— Et moi ?

Jonas rit franchement.

— Ce n'est pas une question de nature mâle ou femelle, mon brave, mais de pouvoir ! Comprenez-moi : tout magicien sait qu'il devra lutter pour sa survie. Avant même de venir au monde. Il cherche alors à détruire tout ce qui pourrait lui nuire. Tout ce qui pourrait être plus fort que lui. Or, ce n'est pas votre cas.

— Il a tué quelqu'un sur l'île. Une enfant. Elle n'était pas... Elle était humaine.

Jonas soupira.

— Je ne comprends pas ce qui a pu se passer. Je peux juste vous affirmer que mon fils n'est pas mauvais. Il ne le deviendra que si on lui apprend la haine. C'est pour cette raison que le choix de la sorcière est essentiel.

— Et la mère ?

— Elle ne sert que de vase, de réceptacle. Elle n'a aucune importance. Elle mourra lors de l'accouchement.

— Il n'y a aucun...

— Non. Aucun.

Jonas se leva. La conversation était apparemment terminée. Pas pour Maël.

— Pourquoi faites-vous ça ?

— Je n'ai pas le choix. La lignée ne doit pas se perdre. On a encore un rôle à jouer.

Le Secret du vent

Il alla déposer une pièce sur le comptoir, sans que la tenancière ne s'éveille.

— Il n'y a plus beaucoup de sorcières blanches. Il fallait donc que je me dépêche. Celle de l'île n'en a plus pour très longtemps. Si j'en crois la légende…

Il se retourna vers Maël et le considéra un instant, avant de poursuivre, plus lentement :

— Dites à votre amie de se protéger. Et… veillez sur elle. Ne faites pas de promesse que vous n'avez pas l'intention de tenir.

Avant qu'il puisse lui soutirer quelques précisions, Jonas sortit. Maël se précipita à sa suite, mais le soleil l'éblouit à peine la porte franchie et il le perdit de vue.

Il était temps pour lui de rentrer. Il avait des réponses. Elles n'expliquaient pas tout, mais il ne voulait pas laisser Gwenaëlle seule plus longtemps.

Chapitre 19

Il était temps que Maël revienne sur l'île. Sa disparition subite avait attiré l'attention de toutes les commères. Il ne leur avait pas fallu longtemps pour accuser Gwenaëlle de l'avoir sacrifié lors d'un rite quelconque et d'avoir ensuite dissimulé son corps. Le décès de Malène dans sa cuisine, l'escamotage de Maël et la présence chez elle de Lisette, qu'elle devait retenir pour lui voler son enfant, alimentaient les ragots.

Quelques jours avaient suffi pour qu'aucun îlien ne fasse plus appel aux services de Gwenaëlle. Seuls quelques fidèles lui apportaient encore leur soutien, en lui apportant de la nourriture en cachette, mais ils n'osaient pas s'afficher avec elle, ni même laisser croire qu'ils auraient pu avoir besoin de son aide. Les accidents se multipliaient et son intervention aurait pourtant été précieuse.

C'était un homme qui avait perdu la raison après avoir passé la nuit dehors. Il tremblait depuis, sans pouvoir expliquer ce qui l'avait terrifié.

Le Secret du vent

C'étaient des outils qui ne voulaient plus répondre à la volonté humaine et blessaient leurs propriétaires.

C'étaient des animaux domestiques qui s'enfuyaient après avoir agressé leur maître. Ils se volatilisaient malgré le peu de cachettes possibles sur l'île.

Il n'avait pas fallu longtemps aux habitants pour rendre Gwenaëlle responsable de tout ce qui se produisait. Pourtant habituée au rejet depuis son enfance, cette dernière se calfeutrait chez elle pour échapper au ressentiment des îliens.

Maël revenait à temps.

La mère de Bénédicte était sur le quai, quand Maël y débarqua. Il ne la salua pas et, sans même prendre le temps de déposer son sac chez lui, se rendit directement chez Gwenaëlle. Lisette s'était enfermée dans sa chambre. Elle ne descendait plus que pour les repas, qu'elle avalait à contrecœur. L'occupant de son ventre n'aurait pas accepté d'être affamé. Gwenaëlle ne pouvait assurer les soins nécessaires à la jeune fille que quand son enfant prenait le contrôle. Il savait ce dont il avait besoin. Gwenaëlle avait peur de lui, même si elle ne se l'avouait pas.

Aussitôt arrivé, Maël l'emmena dans le pré aux Sorcières, le seul endroit où leurs secrets seraient en sécurité. Quand il lui eut confié le résultat de ses recherches, Gwenaëlle se rapprocha du cairn pour y appuyer la main. Elle penchait la tête sur le côté, à l'écoute de voix intérieures. Maël voulut la forcer à parler, mais elle lui intima le silence d'un geste impatient de son autre main.

Maël sentait le froid s'intensifier progressivement. Une brume glacée s'élevait sur le pré, née du cairn lui-même. Il crut percevoir une présence derrière lui et fit volte-face. Il vit cligner deux gros yeux ronds à moins d'un mètre du sol. Puis le brouillard s'intensifia et la vision disparut.

– Je dois aider cet enfant, dit alors Gwenaëlle. Et trouver un moyen de sauver Lisette malgré lui.

Le temps que Maël se retourne vers elle, la température était redevenue plus douce et la brume s'était envolée.

Ils discutèrent de longues heures, puis il la raccompagna chez elle avant de rentrer.

Son sac sur l'épaule, il prit le chemin de sa maison dans la nuit qui s'installait. Il n'entendit pas tout de suite la rumeur, le grondement qui provenait de sa rue. Une foule était rassemblée devant chez lui. La plupart des femmes de l'île patientaient sur le pas de sa porte, la mère de Bénédicte à leur tête. Pour que le temps leur soit moins long, certaines avaient apporté des bouteilles d'alcool, lesquelles avaient circulé de mains en mains. Comme le temps passait malgré tout trop lentement et qu'elles avaient froid, ces femmes avaient méthodiquement brisé chacune des fenêtres de sa maison pour se réchauffer. Elles en étaient venues à bout, à coups de pierres et de bâtons. Quelques éclats de verre gisaient sur le sol, imprégnés de la peinture rouge dont elles avaient maculé la porte d'entrée.

Elles n'avaient pas encore évacué toute leur colère. Ni leur peur. La mère de Bénédicte leur avait confié que Maël ne l'avait même pas saluée en débarquant. Ce qui, à ses yeux, puis très vite à ceux de toutes, ne pouvait signifier qu'une chose : il n'était plus du monde des humains. Sa précipitation à rejoindre Gwenaëlle confirmait encore la légende : le fantôme du premier marin était revenu pour s'accoupler avec la sorcière. Et semer le mal sur l'île.

Hélène avait été prévenue de leur projet. Elles persistaient à l'associer à leur haine, persuadées qu'elle la partageait, à cause du décès de Malène.

Elle guettait Maël à l'entrée d'une ruelle proche de chez lui et l'agrippa brusquement, quelques secondes avant que Constance, la mère de Bénédicte, ne se tourne dans sa direction.

– Ne te montre pas !
– Que se passe-t-il ?
– On a peu de temps. Ces femmes ont un sixième sens. Je suis sûre que Constance va bientôt leur demander d'examiner les environs…

Même dans la pénombre, Hélène ne pouvait dissimuler ses traits tirés. Il s'inquiéta pour elle plus que pour lui-même. Il refusait encore de comprendre que lui aussi était en danger.

– Il faut que tu retournes chez Gwenaëlle. Elle est la seule à pouvoir te protéger.

– Me protéger ? Mais enfin, c'est ridicule ! Ce sont mes voisines, la plupart m'apprécient, elles ne me feraient pas le moindre mal. Tu vas voir…

Il fit un pas en direction de la rue principale. Hélène le retint de justesse, étouffant un cri d'angoisse.

– Non ! N'y va pas ! Elles veulent te détruire. Pour elles, tu es maintenant lié à la sorcière.

La voix d'Hélène était pressante, pas autant que sa main sur son bras. Il insista :

– Tu dois te tromper. Ce n'est pas possible… Bénédicte les en empêchera. Je crois que… qu'elle a un petit faible pour moi. Elle ne les laissera pas me faire de mal.

– Maël, tu ne comprends pas. Il n'y a pas pire vengeance que celle d'une femme dédaignée.

Hélène articula chaque mot, lentement :

– Tu lui as préféré Gwenaëlle. Elle ne te le pardonnera pas.

Maël accepta enfin de retourner chez Gwenaëlle. Il entendait à présent les femmes gronder. Et ce qu'il percevait suffit à le convaincre. Elles voulaient briser le cercle du mal. Il avait eu suffisamment d'os cassés pour ne pas faire montre d'un courage inutile.

Hélène sortit de la ruelle et se joignit aux femmes pour les distraire, tandis qu'il repartait en sens inverse.

Il fit semblant d'ignorer les petits bruits, les glissements qui l'accompagnèrent durant son trajet, de part et d'autre du chemin. Malgré son calme

affiché, il fut soulagé quand il frappa enfin à la porte de Gwenaëlle. Ces déplacements de corps invisibles l'inquiétaient plus qu'il ne l'aurait avoué.

Gwenaëlle ne fut pas surprise de son arrivée. Elle était pâle et plus tendue que lorsqu'il l'avait quittée. Des mèches de cheveux roux étaient plaquées sur son visage, comme pour en souligner la fragilité.

Un filet de sang courait sur le sol. Maël le suivit, derrière Gwenaëlle. Il traversait la cuisine, grimpait goutte à goutte l'escalier… Il ne s'arrêtait qu'à la porte fermée derrière laquelle Lisette se cloîtrait. Elle ne répondait pas aux appels de Gwenaëlle et cette dernière se refusait encore à forcer sa porte.

Ses mains tremblaient sur la poignée, tandis qu'elle tendait l'oreille, essayant de deviner ce qui se passait de l'autre côté. Le refus de Lisette, relayé par son enfant, était un barrage qu'elle s'efforçait de passer. Impuissant, Maël l'observait s'épuiser contre le pêne obstiné.

Comme chaque fois que Gwenaëlle se concentrait, Maël sentit le froid s'insinuer autour de lui. Il entendit le vent menacer la maison isolée et décida alors d'agir. Il fit reculer Gwenaëlle. Malgré l'étroitesse du couloir, il recula lui-même de deux pas pour s'assurer un semblant d'élan et revint ébranler la porte d'un coup d'épaule ajusté. Il ne put pourtant mettre suffisamment de force pour l'ouvrir : sa jambe ne lui offrait pas un appui assez solide.

Il allait recommencer, quand Gwenaëlle l'arrêta. D'un simple geste de la main, elle fit voler la porte en éclats. En une fraction de seconde, le bois se décomposa en milliers de copeaux. Ils restèrent un instant en place avant de s'effondrer sur le sol en un tas inoffensif.

Gwenaëlle entra dans la pièce. Lisette gisait, étendue, sur le sol. De ses jambes légèrement écartées sourdait un flot continu de sang. Elle était pâle et paraissait paralysée par la peur... Ses yeux suivaient chacun des déplacements de Gwenaëlle sans exprimer d'autre sentiment que l'angoisse. Elle ne prononça pas même un appel au secours.

Aidée de Maël, Gwenaëlle la coucha sur son lit. Elle approcha ses mains du ventre de la jeune fille, les écarta brusquement pour les appliquer de nouveau. Déterminée.

Maël demeurait debout à ses côtés, prêt à la seconder quelles que soient ses demandes. Gwenaëlle l'envoya chercher des ciseaux et, lorsqu'il revint, découpa avec ceux-ci les habits de la jeune fille. Comme il détournait le regard, pudiquement, elle répondit aux questions qu'il se retenait de formuler :

– L'enfant va naître.

– Déjà ! C'est trop tôt, non ? Je veux dire... Il ne doit pas encore être formé.

– Si. Il l'est. J'aurais dû m'en douter, mais je refusais de le croire. C'est un sorcier, Maël. Il se développe un peu plus vite que la moyenne.

– À quel point plus vite, exactement ?

– Je l'ignore. Je n'ai encore jamais assisté à la naissance d'un sorcier. Reste là. J'ai besoin de...

Le Secret du vent

Elle s'éclipsa sans terminer sa phrase. Maël resta donc dans la chambre, sans savoir que faire. Ou ne pas faire. Seul avec des puissances occultes prêtes à se déchaîner et une moribonde. Il n'était pas particulièrement à l'aise. Et les convulsions qui secouèrent Lisette pendant l'absence de Gwenaëlle ne contribuèrent pas à le rassurer.

À son appel, elle revint dans la chambre en criant :

– Ça suffit !

À contrecœur, sembla-t-il, le corps de Lisette se détendit sur le matelas détrempé de sang. Sans perdre une seconde, Gwenaëlle posta, à différents points de la pièce, des bougies qui s'allumèrent dans un ensemble parfaitement synchrone dès qu'elle eut lâché la dernière.

Elle bloqua la fenêtre qui menaçait de s'ouvrir en accrochant à la poignée un ensemble de brindilles nouées. Le bois du châssis cessa aussitôt de se tordre. Seule une légère fêlure dans le coin inférieur droit de la vitre trahit la pression qu'elle supportait.

Presque au même moment, l'électricité se coupa. Maël entendit distinctement les fusibles fondre dans leurs boîtiers. Gwenaëlle le contournait comme s'il était un meuble, tandis qu'elle préparait Lisette. Rien ne semblait pouvoir la perturber. Ni l'orage, dont les éclairs révulsaient systématiquement les yeux de la jeune fille. Ni les hurlements des loups, qui se devinaient entre les semonces du tonnerre. Ni les masses humides, qui venaient se heurter contre les murs, à l'extérieur. Ni ses remarques. Ni sa présence.

Mélanie De Coster

Elle mit sa main contre le front de Lisette en murmurant quelques paroles, et la jeune fille s'assoupit, enfin calme. Gwenaëlle enduisit alors ses mains d'une décoction de sa fabrication, et entreprit de masser le ventre noué de la future mère. Tout son corps se détendait, mais continuait à saigner. Gwenaëlle posa son oreille là où l'enfant patientait encore, puis tourna un regard inquiet vers Maël ; mais il ne fut pas certain qu'elle le regardait véritablement. Elle murmura, d'une voix blanche, qu'aucune des sorcières qui l'avaient précédée sur l'île ne savait comment sauver Lisette. Elle se trouvait dans la même ignorance. Personne n'avait jamais réussi à préserver la matrice au-delà de l'accouchement.

Gwenaëlle multiplia les formules jusqu'à ralentir le flot de sang. Son sourire n'échappa guère à Maël, qui ne put s'empêcher de penser qu'elle n'y était peut-être pour rien : il y a une limite à la quantité de sang contenue dans un corps humain.

Il s'écarta et se posa en observateur dans un coin de la pièce. Sa présence était inutile, face aux forces en jeu.

Gwenaëlle apostropha le sorcier tapi dans les entrailles de Lisette :

– Tu veux sortir ? Alors viens ! Mais à la manière des humains… Pas question que tu déchiquettes son corps, si tu ne veux pas subir le même sort. Tu vas ramper, en douceur. Cette fille n'est peut-être pas un modèle de bonté, mais plus personne ne mourra sous mon toit. Ne crois pas t'échapper si facilement… Elle reste où elle est…

Le Secret du vent

Le corps inerte de Lisette, qui s'était relevé lentement, sous l'effet d'une autre volonté que la sienne, retomba. Un rictus amer s'imprima sur sa face quelques secondes, puis ses traits se relâchèrent.

Gwenaëlle se tourna vers Maël et il lut dans ses yeux qu'elle était perdue, mais qu'elle n'allait pas abandonner. Elle s'assit en tailleur au pied du lit et entama une mélopée dans une langue qu'il ne comprenait pas. Il reconnut ici et là des termes de gaélique, mais la plupart des paroles semblaient plus anciennes encore.

Malgré lui, il ferma un instant les yeux et oscilla légèrement sur lui-même.

La flamme des bougies épousait, elle aussi, le rythme de sa liturgie. Gwenaëlle avait fermé les yeux ; seul Maël put observer l'enfant qui se débattait dans le ventre de Lisette, faisant apparaître des bosses, des creux, jusqu'aux limites de l'étirement de la chair. Il distingua clairement sa main qui s'appuyait contre la paroi abdominale de Lisette et la griffait de l'intérieur.

Peu à peu, la berceuse de Gwenaëlle calma l'angoisse de Maël, ainsi que l'agitation de l'enfant. Elle se redressa. Tout en perpétuant en un murmure le rythme de son chant, elle se dirigea vers Lisette et apposa ses mains sur elle. Les paumes à plat sur son ventre tendu, dirigées vers ses jambes, elle guida le petit corps vers la sortie, dans un mouvement lent et régulier. Le travail avançait bien, quand une bourrasque plus violente fit vaciller la maison et occasionna un bris de verre dans la cuisine.

Mélanie De Coster

Maël sursauta, Gwenaëlle s'interrompit et Lisette ouvrit les yeux. Il n'en fallut pas plus à l'enfant pour repousser Gwenaëlle. Ses poignets furent écartés en une torsion brutale venant de nulle part. Les larmes aux yeux, elle recula, tandis que l'enfant collait sa face au ventre de sa mère pour afficher son rire.

Maël étouffa une exclamation. Gwenaëlle l'obligea à descendre vérifier la casse à l'étage du dessous. Il aurait voulu refuser, mais s'y sentit obligé. Il n'osa pas lui demander si elle le manipulait et il descendit l'escalier d'un pas contraint.

Il revint presque aussitôt, tenant un bocal fêlé dont il scellait l'ouverture des deux mains. Dès qu'il entra dans la chambre, l'atmosphère s'alourdit encore d'un cran. Ce fut le cri conjugué des dizaines de loutres parquées autour de la maison qui amorça le phénomène. La fenêtre s'ouvrit et un couloir de vent vint embrasser toutes les bougies sans pourtant les éteindre. Il referma les vantaux en s'en allant et le sceau apposé par Gwenaëlle reprit sa place.

L'enfant se tapit le plus profondément possible à l'intérieur de Lisette, cherchant maladroitement à celer sa présence en ne faisant plus aucune bosse, aucun mouvement.

Maël, glacé, gardait fermement le bocal entre ses mains. Gwenaëlle était blême et fixait le mur derrière lui. Il se retourna et crut un instant y voir des filaments de sang ancien, mais l'illusion s'évanouit très vite.

Le Secret du vent

Dans la tête de Gwenaëlle, les voix de toutes les sorcières qui l'avaient précédée hurlaient : « La brume peut te sauver. Elle est ta protection, celle dont nous n'avons jamais pu profiter. La brume est pour toi. » Elles criaient de plus en plus fort, chacune voulant couvrir la voix des autres par son propre chant de victoire. Mais Gwenaëlle avait déjà fait son choix : si la brume était aussi puissante, elle pourrait empêcher la mort de Lisette. Elle avança alors vers Maël et lui retira le flacon des mains. Ce faisant, elle revit, par les impressions tenaces inscrites dans le verre, la chute de Malène et elle sut que l'enfant était morte pour le lui avoir apporté. Cette certitude n'ébranla pourtant pas sa détermination et elle se rapprocha du lit ensanglanté.

Elle passa délicatement le bocal le long du corps de Lisette, sans l'effleurer, puis le déposa entre ses jambes. Les bougies s'éteignirent simultanément. Quand la lumière revint, Gwenaëlle tenait entre ses bras un nourrisson qui observa Maël d'un œil fixe et déjà réfléchi. Ce dernier soutint son regard, jusqu'à ce que Gwenaëlle le repose à côté de sa mère. Elle n'eut même pas besoin de lui confirmer ce qu'il savait déjà : Lisette vivait. Ils ignoraient encore à quel prix.

Mélanie De Coster

Chapitre 20

Gwenaëlle prodigua à Lisette les soins nécessaires, pendant que Maël leur préparait un repas consistant. Il tentait visiblement d'oublier ce qui s'était déroulé au-dessus de sa tête ; il avait fait tomber successivement deux œufs et une assiette quand ses pensées s'y étaient attardées. Elle avait senti les frissons qui l'avaient parcouru.

Il avait ensuite insisté fermement auprès de Gwenaëlle pour qu'elle s'autorise à laisser la mère et l'enfant un moment sans surveillance. Elle avait déposé le bébé dans le berceau qui avait abrité ses plus jeunes années et qui avait ensuite patienté au grenier, avant d'être utile de nouveau. L'enfant ne dormait pas. Même hors de la chambre, Gwenaëlle continuait à sentir son esprit curieux s'infiltrer dans toutes les pièces de la maison. Il n'avait pas encore la force d'aller plus loin.

Le Secret du vent

Gwenaëlle se contraignit pourtant à laisser ses perceptions en sommeil : elle s'épuisait à guetter l'enfant. Il était préférable qu'elle conserve sa vigueur pour le moment où elle en aurait réellement besoin. Elle suivit Maël dans la cuisine, descendant l'escalier d'un pas lourd de fatigue, s'appuyant sur chaque marche pour en vérifier la stabilité.

Maël attendit à peine qu'elle soit installée pour entamer son assiette. Le silence qui s'abattit dans la pièce était celui des grandes faims enfin comblées. Du moins le crut-il jusqu'au moment où il releva la tête pour le dire à Gwenaëlle. Elle pleurait. De grosses larmes qui venaient saler son assiette. Elle ne songeait pas plus à les retenir qu'à s'essuyer les yeux. Elle pleurait. Se vidait enfin de toute la tension accumulée, de la peur et de la fatigue mêlées.

Il délaissa son repas pour la réconforter. Il reconnaissait la nécessité de ses larmes, mais ne voulait pas la laisser seule avec. Il s'approcha, puis l'enserra de ses bras, debout à côté d'elle, la hanche cognant contre le dossier de la vieille chaise de bois. Le visage de Gwenaëlle s'appuyait sur lui, entre son ventre et son torse. Il caressait doucement ses cheveux, son dos et la sentait trembler sous ses mains.

Un appel soudain de Lisette les sépara. Les larmes de Gwenaëlle séchèrent aussitôt. Elle monta à l'étage et Maël, assistant inutile, la suivit.

Mélanie De Coster

Il l'observa du pas de la porte, pendant qu'elle rassurait la jeune mère sur son état et celui de son fils. Lisette n'aurait pas dû s'éveiller déjà. Maël soupçonna l'enfant d'avoir contribué à ce réveil précoce. Il semblait pourtant parfaitement endormi ; mais son sommeil était peu convaincant.

Gwenaëlle finit d'apaiser Lisette d'une pression légèrement plus insistante sur la joue. La jeune fille n'eut pas le temps de terminer son mouvement de recul qu'elle basculait dans le sommeil. Lisette devait récupérer.

Gwenaëlle était en train de se relever, quand Maël dit :

– Je t'aime...

Une affirmation. Une évidence.

Gwenaëlle n'avait pas tressailli. Seule la lenteur qu'elle mit à se retourner et un léger flou dans le mouvement de ses épaules indiquaient son trouble.

Il patienta jusqu'à ce qu'ils soient sortis de la chambre et qu'elle ait refermé la porte dans son dos, puis il plongea son regard dans ses yeux marine. Un doute y tremblait, plus émouvant que toutes les certitudes. Il lui répéta « je t'aime » et l'embrassa.

Le premier mouvement de Gwenaëlle fut d'esquiver ce baiser, de s'enfuir, de mettre le plus de distance possible entre cet homme et son destin. Mais... mais elle se réchauffait à la source de ce baiser, ses lèvres s'y affamaient... Son corps tout entier se refusait à rompre l'étreinte dans laquelle elle retrouvait Maël. Même les voix de ses aînées, mortes d'avoir cru en l'amour, ne purent l'y contraindre.

Le Secret du vent

Gwenaëlle les entendit d'abord de très loin, puis plus du tout. Les sorcières se turent tout à fait quand ce baiser les entraîna jusqu'au lit. Elles avaient compris que Gwenaëlle attendait ce moment depuis plus de vingt ans et qu'elle s'y perdrait, comme toutes les autres avant elle.

La nuit fut douce, les caresses longues, la découverte intense. Les lumières, dans la maison, s'accordaient à leur rythme cardiaque, en suivaient la pulsation rapide. Gwenaëlle ne s'en aperçut pas. Toutes ses perceptions se concentraient sur chaque centimètre de son être qui touchait, frôlait, caressait le corps de Maël.

Aucun d'eux ne surprit la silhouette encapuchonnée qui flottait à hauteur de la fenêtre et les observait d'un air goguenard. Il était hors d'atteinte des loutres, qui n'avaient pu l'empêcher de lancer un petit sort sur la maison. En s'éloignant, s'accrochant du doigt aux nuages que l'orage avait amassés près du sol, Jonas murmura :

– Merci d'avoir aidé mon fils à venir au monde, petite sorcière. J'espère que tu prendras bien du plaisir en récompense. Tu l'as mérité.

Un loup invisible hurla quand il quitta l'île.

Maël et Gwenaëlle s'aimaient dans la chambre. Toutes les lampes s'étaient éteintes quand il l'avait pénétrée. Ils étaient forcés de se découvrir à tâtons. Leurs mains en devenaient plus audacieuses.

Ils étaient emportés plus loin que leur propre désir, tandis que l'eau envahissait l'île de toute part, autant par les nuages qui se vidaient sur elle que par la marée qui venait noyer les côtes.

Dans la chambre de Lisette, l'enfant avait ouvert les yeux et regardait au-delà du mur. Il avait l'air inquiet autant qu'heureux. Il attendait de se décider…

Gwenaëlle se leva la première. Maël dormait encore quand elle quitta la pièce. La nuit tardait à partir ; seuls quelques lambeaux de jour perçaient l'obscurité. Les loutres qui gardaient la maison avaient disparu. La mer était calme, étale. Trop… Le ciel, bas, semblait s'appuyer sur elle pour la contenir avant qu'ils ne se déchaînent, dans une furieuse étreinte.

Gwenaëlle n'y prit pas garde. C'était le premier matin où elle ne guettait pas les signes de la nature. Elle descendit dans la cuisine, sans passer voir Lisette. Elle versa du lait dans un bol en grès et le prit entre ses mains pour le réchauffer. Elle attendit qu'il soit sur le point de frémir pour le boire. Mais elle put à peine en savourer une gorgée : une fenêtre éclata soudain.

Une deuxième la suivit de près, puis d'autres… Toutes celles du rez-de-chaussée. Celles de l'étage demandaient plus de puissance pour être atteintes depuis la route. Là où les femmes du village s'étaient rassemblées. Elles se tenaient encore à distance respectable de la maison. Plus pour très longtemps.

Gwenaëlle sortit les affronter. La nuit avait dissipé l'alcool dans leur sang. Mais pas leur colère. Ni leur peur. Ni leur haine. Ni leur rage.

– Que voulez-vous ?
– Toi.
– Que tu crèves !
– Que tu disparaisses !
– Que tu cesses d'envoûter nos hommes !

Elles criaient leurs revendications comme autant de provocations. Elles s'étaient déjà trop avancées pour faire demi-tour.

– Et que comptez-vous faire ?
– Tu oses nous le demander ? Bâtarde ! Fille de rien ! Honte de l'humanité ! Meurtrière ! Sorcière ! Gale…

La mère de Bénédicte avait pris la tête du mouvement. Elle s'approcha de Gwenaëlle et lui cracha au visage. Sa salive, maculée du brou de noix qu'elle avait mâché sur la route, glissa sur le visage de la jeune femme. Puis s'évapora. De la route, les femmes n'avaient rien vu.

– Tu crois pouvoir t'en tirer facilement ?
– Allez-y, achevez-la, c'est une sorcière ! Elle a forniqué toute la nuit, je suis sûre qu'elle porte déjà un démon en elle.

Lisette s'avança à son tour. Elle était sortie de la maison subrepticement, son enfant dans les bras, et avait rejoint les autres femmes, probablement juste avant qu'elle ne s'endorme.

Mélanie De Coster

— Lisette ! Toi… Mais comment…

— Je vais très bien, ne t'en fais pas. Tu as bien d'autres raisons de t'inquiéter, crois-moi ! Déchet !

À son tour, elle vint cracher sur Gwenaëlle, bientôt imitée par toutes les autres. Le bruit sortit Maël du sommeil, mais pas de la maison. Gwenaëlle bloqua la porte de la chambre à distance, de manière à ce qu'il ne puisse en sortir. Elle savait qu'il périrait avec elle, si les îliennes le voyaient. Elle préférait le protéger. Dût-il la voir mourir, impuissant, depuis la fenêtre embuée de ses cris.

Les villageoises déchaînaient à présent leur violence exacerbée par les disparitions successives des marins, leurs maris, les bruits qui se manifestaient la nuit. Elles encerclèrent Gwenaëlle pour la battre. La jeune femme ne se défendit pas, encaissant sans se plaindre les griffures, les gifles, les vrilles du pied… Son destin était de mourir. Elle ne vacillait pas pour autant, restait droite sous leurs coups. Sa tranquillité énerva plus encore les harpies, et certaines sortirent de leurs poches des couteaux de cuisine patiemment acérés.

Le fils de Lisette se dégagea de ses bras et fila se mettre à l'abri. Sa mère ne le retint pas et seules les femmes les plus proches d'elle remarquèrent une telle précocité et s'en étonnèrent. Mais la furie qui les guidait ne s'y attarda pas. Et puis, il y avait plus étrange encore : Lisette qui repoussait Gwenaëlle contre le mur, sans la toucher, hurlant :

— Tu vas périr, sorcière !

Le Secret du vent

Un mouvement de reflux écarta d'elle les villageoises. Elle dressa la main et fit pivoter à distance Gwenaëlle, dont le corps lui obéissait. Les femmes se taisaient à présent. Lisette, d'un léger tapotement de l'index, écrasa Gwenaëlle trois fois sur la façade de sa maison. La haine déformait son visage encore enfantin. Blafarde et déjà couverte de sang, Gwenaëlle ne lui opposait pas la moindre résistance. Ses cheveux roux, dénoués, s'accrochaient à ses paupières closes, striaient son visage pâle. Calme. Innocent.

Une femme cria :

– Sorcière ! Putain du diable !

Une autre l'accompagna en arrachant une pierre du sol, qu'elle lança sur Lisette.

Cette dernière recula sous l'impact. Elle porta sa main à sa tempe, puis la retira, pleine de sang. Le regard qu'elle tourna vers celle qui l'avait agressée était peiné, mais la colère n'y avait pas totalement reflué.

– Comment oses-tu ?

Une deuxième pierre suivit.

– Tu vas payer !

Lisette se redressa. Elle semblait plus longue et sa peau paraissait un rien trop étroite. Ses vêtements étaient plaqués sur elle.

En face d'elle, la téméraire lanceuse de pierre s'écroula, secouée de convulsions.

Les autres villageoises se jetèrent alors sur elle dans un même élan, une brusque mêlée d'où, très vite, ne s'échappèrent plus que des vociférations, des gémissements et des injures. Aucun cri de douleur, malgré le sang qui giclait parfois.

Gwenaëlle, qui était tombée sur le sol, se releva lentement. Elle souffrait encore de tremblements, mais ils s'estompèrent vite. Elle savait soigner vite quand il y avait une urgence. Elle avança vers le groupe compact pour les séparer.

Depuis son observatoire, Maël comprit son intention. Il heurta la vitre à pleines mains pour la retenir.

Alors qu'elle allait interpeller la première femme, il la vit s'arrêter, tendre l'oreille, puis s'éloigner en direction de la crique gelée.

Soulagé, il s'écarta de la fenêtre pour ne pas assister à la suite du massacre.

C'était Malène… Malène lui demandait de la suivre… Elle aurait voulu intervenir, séparer la mêlée, mais l'enfant avait pris une place spéciale dans son existence, et c'était peut-être une de ses dernières requêtes.

Gwenaëlle l'accompagna jusqu'à la côte.

– Tu ne dois pas t'en occuper.
– Pourquoi ?
– C'est la brume.
– Mais…

Le Secret du vent

— Elle te protège.
— Je l'ai déjà utilisée. Sur Lisette. Et…

Quiconque serait passé par là n'aurait vu qu'une femme échevelée discutant seule au milieu des rochers. Sauf que personne, hormis les villageoises venues la tuer, ne serait sorti ce jour-là.

— J'ai vu le résultat. Comment crois-tu que Lisette ait développé ces pouvoirs ?
— Alors, c'est ma faute.
— Non. Elle devait mourir. Tu l'as sauvée, cette nuit, et c'est sa colère qui la détruit.

Gwenaëlle s'assit sur une pierre humide, les yeux baignés de larmes.

— Je ne peux rien faire pour l'en empêcher ?
— Il est déjà trop tard pour elle. T'en mêler maintenant ne pourrait que te perdre. Or, tu es encore utile sur cette île.
— Utile… Et la malédiction ? Dis-moi comment je pourrais y survivre…
— Elle a déjà été déjouée. Par toi-même, Gwenaëlle…

L'enfant, toute d'opacité et d'humidité, prit ses mains entre les siennes. Une caresse de rosée.

— Quand Maël a apporté le flacon de brume, tu as su qu'elle pouvait te sauver, n'est-ce pas ?
— Oui.

La réponse de Gwenaëlle était à peine audible, mais Malène s'en contenta.

— Tu as pourtant préféré l'attribuer à la survie de Lisette.
— Oui. J'en avais assez de toute cette violence. Et Maël…

— Je sais. Vous n'étiez pas seuls la nuit dernière. Jonas était là aussi.

— Jonas ? Je croyais que...

— Tu as bien cru... Mais, hors de la maison, le pouvoir de son fils contrôlé par le tien, il ne risquait rien. Pour te remercier d'avoir aidé Lisette, il a jeté un petit sort sur Maël.

— Tu es en train de me dire que... Cette nuit...

Malène sourit, énigmatique.

— Ne t'inquiète pas, il en avait autant envie que toi. Jonas lui en a juste donné l'audace.

— Qu'est-ce que ça change ?

Le sourire de Malène devint malicieux.

— Eh bien... Disons qu'ainsi les termes de la malédiction n'étaient plus tout à fait les mêmes. Vous avez fait l'amour, d'accord, mais Maël a été un peu influencé...

— C'est vraiment jouer sur les mots !

— C'est souvent le cas, en sorcellerie, non ?

Gwenaëlle grommela et Malène continua :

— Les îliennes devaient tuer une sorcière et Lisette en est devenue une. Bientôt, elles seront calmées et la boucle sera bouclée.

— Ça semble un peu trop facile, Malène... Et si j'avais gardé la brume pour moi ?

— Tu aurais pu t'en sortir aussi. Il était prévu que tu détruises toutes les villageoises. En éliminant les descendantes des premières tueuses, tu clôturais l'histoire. Là, on saute juste un tour, mais les données sont différentes de ce qu'elles ont été jusque-là. Je me demande ce que donnera la suite...

Le Secret du vent

Gwenaëlle dévisagea Malène, dont le raisonnement n'était déjà plus celui d'une enfant.

– Et… Tu seras là pour la suite ?

– Oui. Mais tu ne pourras pas toujours me voir.

Elle ajouta, en confidence :

– Je crois que le fils de Lisette a eu honte de m'avoir tuée. Il m'a rappelée. Je vais devenir sa compagne de jeu.

Puis Malène s'éclipsa et Gwenaëlle demeura seule dans la crique, jusqu'à ce que les nuages se soient éclipsés à leur tour.

MÉLANIE DE COSTER

Épilogue

Maël est à la fenêtre. Il a mal à la jambe d'être resté debout si longtemps. Il observe l'enfant devant la maison, qui parle avec animation. Il a quatre ans à peine.
– On devra bientôt lui expliquer…
– Max sait exactement ce qu'il fait.
Gwenaëlle se glisse derrière lui et l'enlace.
– Jusqu'au jour où elles auront de nouveau un goût de sang dans la bouche.
– Ça ne se produira pas. Et tu sais bien qu'il évite de parler tout seul en public.
– Oui. Cet enfant…
Il se retourne vers elle, et poursuit :
– Il m'inquiète. Et pourtant, je l'aime comme un fils.
Elle lui sourit.
– Je sais.
– On n'a toujours pas retrouvé Bénédicte ni sa mère ?
Elle évite de le regarder en face pour lui répondre :
– Non. C'est sans doute mieux comme ça. Elles étaient toujours à tourner autour de Max et à semer le doute.

Le Secret du vent

— Tu n'es pour rien dans leur disparition, dis ?
— Bien sûr que non !

Il sait qu'elle ne lui ment pas. Sans pour autant lui dire toute la vérité. Mais il s'en satisfait. D'autant qu'elle l'entraîne vers leur lit.

— Viens… Je crois que c'est le moment idéal pour faire un petit frère à notre Cléa.

Dehors, Max continue d'inventer des histoires pour Malène. Il donne vie à de petits bouts de terre pour les illustrer, puis les personnages retombent en poussière. Malène, pourtant, est consciente que ces petits golems résisteront bientôt plus longtemps.

Jonas aussi lui parle souvent, quelle que soit la côte où il erre.

— Bientôt, Malène, bientôt… Il y a d'autres sorcières dans le monde. Elles ne seront pas toutes heureuses d'apprendre que Gwenaëlle a déjoué la malédiction. Elle ignore encore que ce n'était pas uniquement pour son propre bien. Il y aura des batailles, de rudes batailles à mener, et Max a besoin qu'elle l'entraîne. Mais, chut… Le temps viendra.

NOTE DE L'AUTEUR

J'ai écrit cette histoire après avoir découvert l'île de Sein, un tout petit bout de territoire breton, une île qui mesure moins d'un km² de superficie.

Son nom ancien était *Seidhun*, issu du brittonique *sextan* (« sept »), suite à une légende, vieille de plusieurs siècles, évoquant « sept prêtresses qui charment les vents et les flots par leurs chants ».
L'île et ses prêtresses ne comptaient alors que pour une seule personne dans l'esprit des marins.

Des sirènes auraient aussi vécu dans ses eaux.

Un tel lieu ne pouvait que m'inspirer… Je dédie ce roman à tous les îliens, de Sein et d'ailleurs, qui bravent chaque jour les éléments et l'isolement.

À PROPOS DE L'AUTEUR

Mélanie De Coster écrit dans une maison avec un grand jardin, en buvant beaucoup de thé. Contes pour enfants, livres jeunesse ou romans fantastiques… Elle a composé de nombreuses histoires, et ne compte pas s'arrêter en si bon chemin. Elle a déjà donné des conférences sur la littérature fantastique jeunesse, qui est un genre qui l'intéresse tout particulièrement.

Si vous avez aimé ce livre, faites-le savoir en laissant un commentaire sur le site où vous l'avez acheté. C'est ainsi que vous aiderez tous les auteurs qui ont besoin de votre soutien.

http://www.melaniedecoster.com